AF429130

Learn German
with
Tales from Atlantis

German A2 Reader

Brian Smith

Copyright 2023

Brian Smith

German Graded Readers

For more books and E-book options visit:

www.briansmith.de

Wir entdecken die Welt

1. Die Entdeckung der alten Schiffe

Hylara und Sylla schwammen durch das klare Wasser von Atlantis. Ihre lila Augen funkelten im Licht der Sonne, das durch das Wasser schien. Mit ihren goldenen Haaren, die im Wasser flatterten, und ihren Meerjungfrauen-Schwänzen bewegten sie sich geschickt zwischen den Korallen und Fischen.

„Sylla, schau mal! Das sieht aus wie ein alter Anker!", rief Hylara und zeigte auf einen großen, rostigen Anker, der auf dem Meeresboden lag.

Sylla schwamm schnell zu ihrer Freundin. „Das muss von einem alten Schiffswrack sein!", sagte sie aufgeregt. Die Mädchen liebten es, alte Schiffswracks zu erkunden. Es war wie ein Abenteuer für sie.

Sie folgten dem Anker und fanden bald ein altes, zerbrochenes Schiff, das auf dem Meeresboden lag. Es lag in der Nähe vom geheimnisvollen Bermuda-Dreieck. Viele Geschichten wurden über dieses Dreieck erzählt, aber die Mädchen hatten keine Angst.

„Komm, lass uns hineingehen!", sagte Sylla und schwamm schnell in das Wrack. Hylara folgte ihr.

Im Inneren des Schiffes war es dunkel, aber ihre lila Augen konnten gut im Dunkeln sehen. Sie fanden viele interessante Dinge: alte Bücher, die von der Seeluft und dem Wasser zerstört wurden, Kleidung von den Menschen, die früher auf dem Schiff waren, und sogar Schmuck!

„Oh, sieh mal hier!", sagte Hylara und zeigte Sylla ein altes Buch. „Es erzählt Geschichten von den Reisen dieses Schiffes."

Sylla nahm das Buch und schaute es an. „Ich wünschte, wir könnten es lesen. Es sieht so spannend aus!", sagte sie.

Die Mädchen schwammen weiter und suchten nach anderen Schätzen. Plötzlich rief Hylara: „Sylla, ich habe etwas gefunden!" Sie hielt eine alte, verwitterte Karte in der Hand.

Sylla schwamm schnell zu ihr. „Das ist eine Schatzkarte!“, rief sie. „Sie zeigt einen unbekannten Ort im Meer. Vielleicht gibt es dort einen Schatz!“

Hylara sah die Karte genauer an. „Es könnte gefährlich sein. Aber ich will wissen, was dort versteckt ist!“, sagte sie entschlossen.

Sylla lächelte. „Wir sind Atlanteanerinnen! Wir haben keine Angst vor Gefahren. Lass uns dieses Abenteuer zusammen erleben!“, sagte sie.

Die Mädchen umarmten sich und beschlossen, am nächsten Tag nach dem geheimen Ort auf der Karte zu suchen.

„Wer weiß, was wir dort finden werden?“, sagte Hylara neugierig.

Sylla lachte. „Egal was es ist, es wird ein großartiges Abenteuer sein!“

Die Sonne ging unter, und die Mädchen schwammen zurück nach Hause, ihre Köpfe voller Träume und Abenteuer. Sie konnten es kaum erwarten, zu sehen, was sie am nächsten Tag entdecken würden.

- altem - old
- Anker - anchor
- Atlanteanerinnen - Atlantean women (Note: This is not a standard German word. It seems to be coined for this story.)
- aufgeregt - excited
- Bermuda-Dreieck - Bermuda Triangle
- entdecken - to discover
- Erkundung - exploration
- flatterten - fluttered
- geheimnisvoll - mysterious
- geschickt - skillfully
- Geschichten - stories
- golden - golden

- Korallen - corals
- lächelte - smiled
- Meeresboden - seabed
- Meerjungfrauen-Schwänzen - mermaid tails
- Reisen - travels/journeys
- rostigen - rusty
- Schiffswrack - shipwreck
- Schmuck - jewelry
- Schatzkarte - treasure map
- schwammen - swam
- verwitterte - weathered
- Wrack - wreck
- zerbrochenes - broken
- zerstört - destroyed

2. Das Geheimnis der Karte

Am nächsten Morgen trafen sich Hylara und Sylla in Hylaras Haus. Die beiden Mädchen breiteten die alte Karte auf einem Tisch aus und betrachteten sie genau.

„Siehst du diesen Punkt hier?", fragte Hylara und zeigte auf einen Ort auf der Karte. „Das könnte der geheime Ort sein!"

Sylla nickte. „Ja, und dieser Weg zeigt uns, wie wir dorthin kommen. Lass uns eine Reise planen!", sagte sie aufgeregt.

Nachdem sie alles geplant hatten, machten sie sich auf den Weg. Die Reise war wunderschön. Sie sahen viele bunte Fische, die um sie herumschwammen, und beeindruckende Pflanzen, die im Wasser wuchsen.

Plötzlich trafen sie auf eine Gruppe von anderen Atlanteanerinnen. Sie schwammen fröhlich zusammen und sangen Lieder.

„Hallo!", rief eine der Atlanteanerinnen. „Wo geht ihr hin?"

„Wir suchen einen geheimen Ort auf dieser Karte!", antwortete Hylara und zeigte ihnen die Karte.

Die Atlanteanerinnen wurden ernst. „Seid vorsichtig!", warnte eine von ihnen. „Auf diesem Weg gibt es viele Gefahren."

Aber Hylara und Sylla waren mutig. „Wir sind bereit, das Risiko einzugehen!", sagte Sylla entschlossen.

Die Mädchen verabschiedeten sich von den Atlanteanerinnen und setzten ihre Reise fort.

Bald kamen sie an dunklen Höhlen vorbei. Die Höhlen sahen geheimnisvoll aus, und die Mädchen beschlossen, eine davon zu erforschen.

In einer Höhle sah Sylla etwas Funkelndes. „Hylara, schau mal!", rief sie und hob eine wunderschöne Perlenkette auf. „Sie ist so schön!"

Aber plötzlich hörten sie ein geheimnisvolles Geräusch. Es klang wie das Rauschen des Wassers, aber es war anders.

„Was war das?", flüsterte Hylara.

Sylla zuckte zusammen. „Ich weiß es nicht. Ist da jemand?"

Die Mädchen hielten den Atem an und lauschten. Das Geräusch kam näher.

„Ist da jemand?", rief Hylara in die Dunkelheit der Höhle.

Aber es gab keine Antwort. Die Mädchen schauten sich ängstlich an. Sie wussten, dass sie nicht allein waren.

„Was sollen wir tun?", fragte Sylla leise.

Hylara dachte kurz nach. „Wir müssen hier raus. Aber seien wir vorsichtig."

Die beiden Mädchen bewegten sich langsam und leise zur Höhleneingang. Das geheimnisvolle Geräusch folgte ihnen.

Wer oder was war in der Nähe? Und was wollte es von ihnen?

- Atem - breath
- betrachteten - observed/looked at
- bunte - colorful

- dunklen - dark
- erforschen - to explore
- flüsterte - whispered
- folgte - followed
- Funkelndes - sparkling thing/object
- Geheimnis - secret/mystery
- Geräusch - noise/sound
- Höhlen - caves
- lauschten - listened
- Lieder - songs
- mutig - brave
- näher - closer
- Perlenkette - pearl necklace
- Punkt - point/dot
- Rauschen - rustling/roaring
- Reise - journey/trip
- Risiko - risk
- sangen - sang
- verabschiedeten - said goodbye
- vorsichtig - cautious/carefully
- Weg - path/way
- zusammen - together

3. Das Rätsel der Höhle

Trotz ihrer Angst beschlossen Hylara und Sylla, tiefer in die Höhle zu schwimmen und das Geheimnis zu erforschen. „Vielleicht finden wir Antworten in dieser Höhle", flüsterte Hylara.

Als sie weiter in die Höhle schwammen, entdeckten sie alte Zeichnungen an den Wänden. „Sieh dir das an!", rief Sylla und zeigte auf die Wand. Die Zeichnungen zeigten Bilder von Meerjungfrauen, alten Städten und geheimnisvollen Symbolen.

„Das muss Geschichten von dem alten Atlantis erzählen", sagte Hylara fasziniert.

Während sie die Zeichnungen betrachteten, stieß Hylara gegen etwas Hartes. Sie bückte sich und sah eine kleine Truhe. „Sylla, komm schnell!", rief sie.

Sylla kam herbeigerannt und zusammen öffneten sie die Truhe. Darin fanden sie alte Briefe.

Hylara nahm einen der Briefe und begann ihn zu lesen. „Es sind Briefe von anderen Atlanteanerinnen!", sagte sie aufgeregt. „Sie schreiben über Liebe, Freundschaft und Abenteuer."

Sylla lächelte. „Es ist, als ob wir einen Schatz gefunden hätten. Die Geschichten unserer Vorfahren", sagte sie.

Während Hylara die Briefe las, entdeckte Sylla etwas anderes in der Truhe. Es war eine alte Flöte. Sie nahm sie heraus und blies vorsichtig hinein. Ein schöner Klang erfüllte die Höhle.

Plötzlich erschütterte ein leichtes Beben die Höhle, und ein geheimnisvoller Weg öffnete sich vor ihnen.

Hylara sah Sylla mit großen Augen an. „Das hast du mit der Flöte gemacht!", sagte sie erstaunt.

Sylla nickte. „Ich denke, diese Flöte hat eine besondere Macht."

Die Mädchen schauten den neuen Weg entlang. Er war dunkel, aber sie konnten ein schwaches Licht am Ende sehen.

„Sollen wir es wagen?", fragte Hylara zögerlich.

Sylla zögerte einen Moment, dann nickte sie. „Ja, lass uns sehen, wohin dieser Weg führt. Vielleicht finden wir mehr Geheimnisse von Atlantis."

Hand in Hand begannen die beiden Freundinnen, dem geheimnisvollen Weg zu folgen. Sie wussten nicht, was sie erwartete, aber sie waren entschlossen, das Rätsel der Höhle zu lösen.

Während sie gingen, hörten sie wieder das geheimnisvolle Geräusch. Es klang wie flüsternde Stimmen.

„Was ist das?", flüsterte Sylla.

„Ich weiß es nicht", antwortete Hylara. „Aber es klingt, als ob jemand oder etwas uns beobachtet."

Die Mädchen gingen weiter, aber sie fühlten sich nicht mehr allein. Sie hatten das Gefühl, dass jemand oder etwas sie auf ihrer Reise begleitete.

Plötzlich sahen sie vor sich ein helles Licht. Es kam aus einer großen Höhle.

„Lass uns hineingehen", sagte Hylara und zog Sylla mit sich.

Als sie in die Höhle traten, wurden sie von einem atemberaubenden Anblick begrüßt. Es war eine Stadt aus Gold und Kristall. Überall funkelten Lichter und es gab wunderschöne Gebäude.

„Das ist unglaublich", flüsterte Sylla.

Hylara nickte. „Es sieht aus wie eine Stadt aus den Legenden von Atlantis."

Die Mädchen standen eine Weile da und bewunderten die Schönheit der Stadt. Dann beschlossen sie, weiter zu erforschen.

Während sie durch die Stadt gingen, entdeckten sie noch mehr Geheimnisse. Sie fanden alte Bücher, Schmuck und andere Schätze.

Aber das größte Geheimnis wartete noch auf sie. In der Mitte der Stadt gab es einen großen Tempel. Als sie hineingingen, sahen sie eine riesige Statue einer Meerjungfrau.

„Das ist unglaublich", flüsterte Hylara.

Sylla nickte. „Es ist, als ob wir in eine andere Welt getreten wären."

Die Mädchen standen eine Weile da und bewunderten die Statue. Dann beschlossen sie, zurückzugehen.

„Wir müssen diese Stadt den anderen Atlanteanerinnen zeigen", sagte Hylara.

Sylla nickte. „Ja, das müssen wir."

Hand in Hand verließen die beiden Freundinnen die geheimnisvolle Stadt und machten sich auf den Weg zurück nach Atlantis.

Sie wussten, dass sie ein großes Abenteuer erlebt hatten und dass sie noch viele weitere erleben würden.

Aber für jetzt waren sie glücklich, nach Hause zu gehen und ihre Entdeckungen mit den anderen zu teilen.

- Anblick - sight/view
- atemberaubenden - breathtaking
- begleitete - accompanied
- beschlossen - decided
- Bezug - reference/relation
- bückte - bent down
- erschütterte - shook
- fasziniert - fascinated
- Flöte - flute
- Gebäude - buildings
- Klang - sound
- Kristall - crystal
- Legenden - legends
- Rätsel - puzzle/mystery
- schwaches - weak
- Städten - cities
- Statue - statue
- Tempel - temple
- tiefer - deeper
- Truhe - chest
- Wänden - walls
- zögerlich - hesitant
- zog - pulled
- zögerte - hesitated

4. Die verborgene Stadt

Der geheimnisvolle Weg, den die Flöte geöffnet hatte, führte Hylara und Sylla zu einer verborgenen Stadt. Sie waren von der Schönheit der Stadt überwältigt. Es gab große Türme, die in den Himmel ragten, wunderschöne Paläste und atemberaubende Gärten mit blühenden Pflanzen und klaren Teichen.

„Wow, das ist unglaublich!", flüsterte Sylla, ihre Augen weit geöffnet vor Staunen.

Hylara nickte. „Es fühlt sich an, als ob diese Stadt voller Magie ist."

Aber während sie durch die Straßen der Stadt gingen, bemerkten sie etwas Seltsames: Die Stadt war leer. Es gab keine Anzeichen von Bewohnern.

„Das ist seltsam", sagte Hylara. „Eine solch wunderschöne Stadt, aber niemand ist hier."

Die beiden Mädchen beschlossen, die Paläste zu erkunden. Sie hofften, Hinweise auf die Geschichte der Stadt und ihre Bewohner zu finden.

In einem der Paläste entdeckten sie einen großen Saal mit wertvollen Gemälden. Ein besonderes Bild zog ihre Aufmerksamkeit auf sich. Es zeigte zwei junge Atlanteanerinnen, die genau wie sie aussahen.

„Sylla, sieh dir das an!", rief Hylara und zeigte auf das Bild.

Sylla trat näher und ihr Mund öffnete sich vor Erstaunen. „Das sind unsere Großmütter!", rief sie aus.

Hylara konnte es kaum glauben. „Aber das bedeutet..."

„Ja", unterbrach Sylla. „Unsere Familien waren Königinnen dieser Stadt."

Die Erkenntnis war überwältigend. Sie saßen eine Weile da, versunken in Gedanken und starrten auf das Bild ihrer Großmütter.

„Aber was ist mit dieser Stadt passiert?", fragte Hylara nach einer Weile. „Warum ist sie jetzt leer?"

Sylla zuckte mit den Schultern. „Vielleicht finden wir Antworten, wenn wir weitersuchen."

Die beiden Mädchen durchsuchten den Palast und fanden viele alte Schätze: Juwelen, Gold, alte Bücher und andere wertvolle Gegenstände. Es war, als ob die Bewohner der Stadt plötzlich verschwunden wären und alles zurückgelassen hätten.

Während sie einen weiteren Raum erkundeten, fand Hylara ein altes Tagebuch. Sie öffnete es vorsichtig und begann zu lesen. „Es ist das Tagebuch einer Königin!", sagte sie aufgeregt.

Sylla kam näher und las mit. Das Tagebuch erzählte von einer Zeit des Friedens und der Freude in der Stadt. Aber dann gab es eine große Katastrophe, und die Bewohner mussten die Stadt verlassen.

„Das erklärt, warum die Stadt jetzt leer ist", sagte Sylla traurig.

Hylara nickte. „Aber es bedeutet auch, dass wir die letzten Nachkommen dieser Königinnen sind."

Die beiden Mädchen fühlten sich plötzlich sehr verbunden mit der Stadt und ihrer Geschichte. Sie beschlossen, mehr über ihre Vergangenheit herauszufinden und die Erinnerung an die alte Stadt am Leben zu erhalten.

„Wir sollten zurück nach Atlantis gehen und den anderen von dieser Entdeckung erzählen", sagte Hylara.

Sylla stimmte zu. „Ja, das sollten wir. Und vielleicht können wir eines Tages diese Stadt wieder zum Leben erwecken."

Mit diesem Gedanken verließen die beiden Mädchen die verborgene Stadt und machten sich auf den Weg zurück nach Hause. Sie waren voller Hoffnung und Entschlossenheit, das Erbe ihrer Großmütter zu bewahren und die Geschichte von Atlantis fortzusetzen.

- besonderes - special
- Bewohner - inhabitants/residents
- Erbe - heritage/legacy

- Erkenntnis - realization/insight
- Friedens - peace
- Gemälden - paintings
- Geschichte - history/story
- Himmel - sky
- Juwelen - jewels
- Katastrophe - catastrophe/disaster
- klaren - clear
- Königinnen - queens
- leer - empty
- Magie - magic
- Nachkommen - descendants
- Paläste - palaces
- Saal - hall
- Seltsames - strange
- starrten - stared
- Tagebuch - diary
- Teichen - ponds
- Traurig - sad
- Türme - towers
- verschwunden - disappeared
- versunken - sunk/engrossed
- wertvollen - valuable
- zog - drew (in this context)

5. Die Rückkehr nach Hause

Mit schweren Herzen, aber auch mit einem Gefühl von Stolz und Erkenntnis, beschlossen Hylara und Sylla, dass es Zeit war, nach Hause zurückzukehren. Sie packten einige der Schätze, die sie in der verborgenen Stadt gefunden hatten, sorgfältig ein, darunter auch die magische Flöte, die den geheimen Weg geöffnet hatte.

„Es ist erstaunlich, was wir entdeckt haben", sagte Sylla, während sie durch die blauen Gewässer schwammen.

Hylara nickte. „Ja, es ist ein Abenteuer, das ich nie vergessen werde."

Während sie sich Atlantis näherten, trafen sie erneut auf die Gruppe von Atlanteanerinnen, die sie zuvor gewarnt hatten. Die Frauen sahen neugierig auf die Schätze, die die Mädchen bei sich hatten.

„Was habt ihr gefunden?", fragte eine von ihnen.

Hylara lächelte und erzählte von ihrer Entdeckung der verborgenen Stadt, den Geschichten ihrer Großmütter und den Schätzen, die sie mitgebracht hatten.

Alle Atlanteanerinnen hörten gespannt zu und waren begeistert von den Geschichten der Mädchen. „Das ist wunderbar!", rief eine. „Wir müssen feiern!"

In der Mitte des Kreises holte Hylara die Flöte hervor und begann, ein altes Lied zu spielen, das sie in der verborgenen Stadt gelernt hatte. Der Klang der Flöte war magisch, und bald begannen alle Atlanteanerinnen zu singen und zu tanzen.

Es wurde ein großes Fest in Atlantis gefeiert. Überall gab es Musik, Lachen und Geschichten. Die Stadt war erfüllt von Freude und Glück.

Während sie tanzten, sah Sylla Hylara an und sagte: „Wir haben es geschafft. Wir haben die Geschichte unserer Großmütter entdeckt und Atlantis mit neuen Geschichten und Liedern bereichert."

Hylara lächelte und umarmte ihre Freundin. „Ja, und ich bin so stolz darauf, dass wir dieses Abenteuer zusammen erlebt haben."

Als das Fest zu Ende ging, blickten die beiden Mädchen in den Sternenhimmel und fragten sich, welches Abenteuer als Nächstes auf sie warten würde. Sie wussten, dass die Welt voller Geheimnisse war und dass sie immer bereit sein würden, sie zu entdecken.

„Was auch immer kommt, wir werden es zusammen erleben", sagte Sylla.

Hylara nickte. „Ja, immer zusammen."

Und mit diesem Versprechen schwammen die beiden Mädchen Hand in Hand in die Tiefen von Atlantis, bereit für das nächste große Abenteuer.

* begeistert - enthusiastic/excited
* bereichert - enriched
* beschlossen - decided
* Fest - festival/celebration
* Gewässer - waters
* Kreises - circle
* Lachen - laughter
* sorgfältig - carefully
* Sternenhimmel - starry sky
* Tiefen - depths
* umarmte - hugged
* Versprechen - promise
* warten - to wait
* zusammen - together

6. Gefährliche Begegnungen

In der glitzernden Stadt Atlantis trafen Hylara und Sylla sich am Morgen in einem wunderschönen Unterwassergarten. Eine ältere Atlanteanerin, Frau Aleria, schwamm auf sie zu.

„Hylara, Sylla," sagte sie, „es ist Zeit für euch, menschliche Männer zu treffen."

Die Mädchen tauschten einen aufgeregten, aber auch ängstlichen Blick aus. „Wirklich?", fragte Sylla unsicher.

Frau Aleria nickte. „Ja, es ist eine alte Tradition."

Mit klopfenden Herzen begannen die beiden Mädchen ihre Reise zur Oberfläche. Während sie durch das tiefe Blau schwammen, bemerkten sie plötzlich ein großes, dunkles Objekt, das sich schnell auf sie zubewegte.

„Was ist das?“, rief Hylara.

„Ein Atom-U-Boot!“, schrie Sylla. „Schnell, wir müssen weg!“

Bevor sie es wussten, spürten sie das mächtige Ziehen der großen Schraube des U-Boots. Mit schnellen Bewegungen tauchten sie tiefer, um der Gefahr zu entkommen.

Als sie sicher waren, hielten sie an und sahen sich wütend und erschrocken an. „Das war viel zu gefährlich!“, sagte Sylla, immer noch außer Atem.

Hylara stimmte zu. „Wir müssen vorsichtiger sein.“

Doch bevor sie weiter darüber sprechen konnten, spürten sie eine neue Gefahr. Ein großer, hungriger Hai hatte ihre Anwesenheit bemerkt und schwamm schnell auf sie zu.

„Oh nein!“, schrie Hylara. „Schnell, dort drüben ist ein Schiffswrack!“

Die Mädchen schwammen so schnell sie konnten zum alten Schiffswrack aus dem Zweiten Weltkrieg. Sie schlüpften in eine enge Öffnung und fühlten sich sicher im Inneren des alten Schiffes.

„Das war knapp!“, sagte Sylla, während sie sich im Inneren des Wracks umsahen.

Hylara nickte. „Ja, aber jetzt sind wir sicher.“

Sie verbrachten einige Zeit damit, das Wrack zu erkunden. Sie fanden alte Munition, zerbrochene Möbel und sogar ein altes Tagebuch eines Soldaten.

„Es ist so interessant!“, sagte Hylara. „Ich frage mich, wie das Leben in dieser Zeit war.“

Sylla öffnete das Tagebuch und las einige Seiten. „Es ist traurig und spannend zugleich.“

Nachdem sie sich ausreichend ausgeruht und das Wrack erkundet hatten, beschlossen sie, einen Blick nach draußen zu werfen. Sie waren erleichtert zu sehen, dass der Hai verschwunden war.

„Lass uns zur Oberfläche schwimmen und nach einem Schiff Ausschau halten", schlug Sylla vor.

Hylara stimmte zu, und gemeinsam schwammen sie zur Wasseroberfläche. Doch das Abenteuer war noch nicht vorbei. Während sie schwammen, hörten sie das laute Geräusch eines nahenden Schiffes.

„Vorsicht!", rief Sylla, und die beiden tauchten schnell ab, um nicht überfahren zu werden.

Als sie wieder auftauchten, sahen sie ein großes Kreuzfahrtschiff, das schnell an ihnen vorbeifuhr.

„Das war zu gefährlich!", sagte Hylara, sichtlich erschüttert. „Vielleicht sollten wir zurück nach Atlantis gehen."

Sylla stimmte zu. „Ja, es ist zu gefährlich hier oben."

Die beiden Mädchen schwammen Hand in Hand zurück zu ihrer Heimat, dankbar für ihre Sicherheit und mit einer neuen Wertschätzung für die Gefahren der menschlichen Welt.

- Atom-U-Boot - nuclear submarine
- außer Atem - out of breath
- auftauchten - surfaced
- ausgeruht - rested
- bemerkten - noticed
- Gefahr - danger
- Hai - shark
- klopfenden Herzen - beating hearts
- Kreuzfahrtschiff - cruise ship
- Munition - ammunition
- nahenden - approaching
- Soldaten - soldier
- tauchten - dove
- überfahren - run over
- Wasseroberfläche - water surface
- Wrack - wreck

- Zweiten Weltkrieg - Second World War

7. Das große Kreuzfahrtschiff

Das klare Wasser glitzerte in der Sonne, als Hylara und Sylla zur Oberfläche schwammen. Sie blinzelten gegen das helle Licht und ihre Augen weiteten sich in Erstaunen, als sie ein riesiges Kreuzfahrtschiff sahen, das majestätisch auf dem Ozean dahinglitt.

„Schau dir das an!", rief Sylla aufgeregt und deutete auf das Schiff. „Es ist so groß!"

Hylara nickte. „Lass uns näher schwimmen und es erkunden."

Die beiden Mädchen schwammen neugierig näher, aber das Schiff bewegte sich schnell und sie mussten aufpassen, nicht überfahren zu werden. Das laute Geräusch der Schiffsmotoren war ohrenbetäubend und das Wasser um sie herum vibrierte.

„Pass auf!", warnte Hylara, als sie bemerkte, dass das Schiff direkt auf sie zusteuerte.

Sylla nickte und beide tauchten schnell ab, um aus dem Weg zu gehen. Nachdem sie sicher waren, schwammen sie wieder zur Oberfläche und versuchten, sich dem Schiff zu nähern.

Doch das war leichter gesagt als getan. Die Seiten des Schiffs waren glatt und hoch, und trotz ihrer besten Bemühungen konnten die Mädchen nicht hinaufklettern. Sie versuchten, durch lautes Rufen und Winken die Aufmerksamkeit der Menschen auf dem Schiff zu erregen, aber es gelang ihnen nicht.

„Es ist nutzlos", seufzte Sylla enttäuscht. „Sie können uns nicht sehen oder hören."

Hylara sah traurig aus. „Ich hatte gehofft, Menschen zu treffen und mit ihnen zu sprechen."

Die beiden Mädchen schwammen eine Weile neben dem Kreuzfahrtschiff her, beobachteten die Menschen, die auf dem Deck lachten und tanzten, und hörten die Musik, die aus den Lautsprechern schallte.

„Es sieht so fröhlich und lustig aus", sagte Sylla sehnsüchtig. „Ich wünschte, wir könnten dort sein."

Hylara nickte zustimmend. „Ja, es wäre schön, neue Freunde zu finden und mehr über ihre Welt zu erfahren."

Aber nach einer Weile wurde ihnen klar, dass es keinen Sinn hatte, weiterhin neben dem Schiff zu schwimmen. Sie waren müde und hungrig und entschieden, dass es am besten wäre, nach Hause zurückzukehren.

„Auf Wiedersehen, großes Schiff", murmelte Sylla, als sie und Hylara sich umdrehten und in Richtung Atlantis schwammen.

Auf dem Rückweg sprachen sie über ihre Abenteuer und die Gefahren, die sie erlebt hatten. Von dem beinahe tödlichen Zusammentreffen mit dem Atom-U-Boot bis zur Begegnung mit dem Hai und dem Kreuzfahrtschiff war es ein aufregender Tag gewesen.

„Es ist nicht so einfach, wie ich dachte", sagte Hylara nachdenklich. „Die menschliche Welt ist voller Gefahren."

Sylla nickte. „Ja, aber es war auch ein Abenteuer. Und ich bin froh, dass wir es zusammen erlebt haben."

Die beiden Mädchen schwammen Hand in Hand weiter und blickten immer wieder zurück auf das sich entfernende Kreuzfahrtschiff.

„Vielleicht gibt es eines Tages eine Möglichkeit, mit den Menschen in Kontakt zu treten", sagte Hylara hoffnungsvoll.

Sylla lächelte. „Ja, wer weiß, was die Zukunft bringt."

Mit diesem Gedanken schwammen die beiden Freundinnen weiter.

- beobachteten - observed/watched
- deck - deck (of a ship)
- entfernende - moving away
- erfahren - to learn/find out

- erregen - to attract/rouse
- gelang - succeeded
- hinaufklettern - to climb up
- Lautsprechern - speakers
- lustig - fun/funny
- majestätisch - majestic
- nachdenklich - thoughtful
- neugierig - curious
- ohrenbetäubend - deafening
- schallte - blared/rang out
- sehnsüchtig - longingly
- vibrierte - vibrated
- zusteuerte - headed towards

8. Rückkehr nach Atlantis

Die goldenen Tore von Atlantis öffneten sich, als Hylara und Sylla zurückkehrten. Schon bald sammelten sich neugierige Atlanteanerinnen um sie, um die beiden Abenteurerinnen willkommen zu heißen und zu hören, was sie erlebt hatten.

Hylara begann: „Es war unglaublich. Wir haben ein riesiges Kreuzfahrtschiff gesehen!"

Sylla fügte hinzu: „Aber es war auch sehr gefährlich. Es gab ein Atom-U-Boot und einen großen Hai!"

Die anderen Atlanteanerinnen sahen sie mit schockierten Gesichtern an. „Das klingt so gefährlich!", rief eine.

„Eure Abenteuer sind immer so spannend", sagte eine andere. „Aber auch sehr riskant."

Eine ältere Atlanteanerin namens Elara schwamm zu ihnen. „Die Welt hat sich so sehr verändert", sagte sie nachdenklich. „Früher war es einfacher, Menschen zu treffen."

Hylara und Sylla nickten. „Ja, es ist nicht mehr so wie früher", stimmte Hylara zu. „Es ist schwierig und manchmal auch gefährlich."

„Als ich jung war", begann Elara und viele versammelten sich um sie, um ihre Geschichten aus der Vergangenheit zu hören, „waren die Menschen neugieriger und offener. Sie waren fasziniert von uns und wir konnten leicht mit ihnen kommunizieren."

Die jüngeren Atlanteanerinnen hörten gespannt zu. Die Geschichten von früher klangen so anders als ihre eigenen Erlebnisse.

„Ich wünschte, wir könnten das auch erleben", sagte Sylla leise.

Hylara lächelte. „Vielleicht eines Tages. Aber jetzt sind wir sicher hier und das ist das Wichtigste."

Der Abend verlief fröhlich in Atlantis. Es gab Musik und Tanz. Hylara, Sylla und viele andere erzählten ihre Geschichten und Abenteuer. Sie lachten über lustige Erlebnisse und trösteten sich gegenseitig bei traurigen Erinnerungen.

Als die Nacht hereinbrach, saßen Hylara und Sylla am Rande eines glitzernden Unterwasserplatzes. „Es war ein langer Tag", sagte Hylara müde.

Sylla nickte. „Ja, aber ich bin glücklich."

Die beiden Freundinnen umarmten sich. „Danke, dass du bei mir warst", sagte Hylara.

„Immer", antwortete Sylla.

Mit diesen Worten gingen die beiden Mädchen zu ihren Häusern, legten sich schlafen und träumten von den vielen Abenteuern, die noch vor ihnen lagen. Sie wussten, dass trotz aller Gefahren ihre Neugier und ihr Mut sie immer wieder in neue Abenteuer führen würden.

- Abenteurerinnen - adventuresses
- geschichten - stories
- gespannt - eager/attentively
- herauszufinden - to find out
- hören - to listen
- jung - young

- kommunizieren - to communicate
- lächelte - smiled
- länger - longer
- mut - courage
- neugierig - curious
- offener - more open
- riskant - risky
- schockierten - shocked
- trösteten - comforted
- verändert - changed
- versammelten - gathered
- wünschte - wished

9. Ein neuer Plan

Die Morgensonne schimmerte durch das klare Wasser, als Hylara und Sylla sich im Zentrum von Atlantis trafen. Hylara hatte einen leuchtenden Ausdruck in den Augen. „Ich habe eine Idee!", verkündete sie.

Sylla sah sie neugierig an. „Was für eine Idee?"

„Wir sollten einen sicheren Ort finden, um Menschen zu treffen. Ein Ort, der nicht so gefährlich ist wie das offene Meer", erklärte Hylara.

Sylla nickte begeistert. „Das klingt toll! Aber wo?"

„Ich habe von einer Insel gehört, nicht weit von hier. Es ist ruhig und es gibt nicht viele Schiffe", sagte Hylara.

Sylla lächelte. „Das klingt perfekt! Lass uns einen Plan machen."

Die beiden Mädchen setzten sich und planten ihre Reise. Sie beschlossen, genug Essen und Wasser für mehrere Tage mitzunehmen, sowie andere wichtige Dinge, die sie brauchen könnten.

„Wir sollten uns auch von unseren Familien und Freunden verabschieden", schlug Sylla vor.

Hylara stimmte zu. „Ja, sie sollten wissen, wohin wir gehen."

Nachdem sie alles vorbereitet hatten, gingen die beiden zu ihren Familien und erzählten ihnen von ihrem Plan. Es gab viele Umarmungen und gute Wünsche.

„Seid vorsichtig", warnte Hylaras Mutter.

„Wir werden es sein", versprach Sylla.

Mit einem letzten Blick auf ihre Heimat schwammen die Mädchen los. Sie waren aufgeregt und voller Hoffnung auf ihr neues Abenteuer.

Die Stunden vergingen, als sie durch das tiefe Blau des Ozeans schwammen. Die Welt um sie herum war friedlich und ruhig.

Doch plötzlich spürten sie, wie sie von etwas gezogen wurden. „Was passiert hier?", rief Hylara.

„Ich weiß es nicht!", antwortete Sylla panisch.

Bevor sie es realisieren konnten, befanden sie sich in einem riesigen Fischernetz, zusammen mit vielen anderen Fischen. Sie versuchten, sich zu befreien, aber das Netz war zu stark.

„Was machen wir jetzt?", fragte Sylla verzweifelt.

„Ich weiß es nicht", antwortete Hylara ängstlich. „Aber wir müssen einen Weg finden, herauszukommen."

Die beiden Mädchen kämpften gegen das Netz, aber es war nutzlos. Sie wurden mit den anderen Fischen an Bord eines Fischerbootes gezogen.

Die Fischer bemerkten sie sofort und waren schockiert. „Was sind das für Kreaturen?", rief einer.

„Das sind Meerjungfrauen!", sagte ein anderer. „Ich habe Geschichten über sie gehört!"

Die beiden Mädchen waren verängstigt und wussten nicht, was sie tun sollten. Sie hofften, dass sie einen Weg finden würden, zu entkommen und nach Hause zurückzukehren. Doch sie wussten, dass es nicht einfach sein würde.

- aufgeregt - excited
- befanden - were located
- begeistert - enthusiastic
- Fischerbootes - fishing boat
- Fischernetz - fishing net
- herauszukommen - to get out
- Kreaturen - creatures
- Morgensonne - morning sun
- realisieren - realize
- ruhig - quiet/calm
- verabschieden - say goodbye
- verängstigt - frightened
- verzweifelt - desperate
- vorbereitet - prepared
- zogen - pulled
- zurückzukehren - to return

10. Unerwartete Reaktionen

Das Fischerboot schaukelte leicht auf den Wellen des Ozeans, als die Fischer Hylara und Sylla neugierig betrachteten. Die beiden Mädchen waren sich ihrer Schönheit und Anziehungskraft bewusst und hofften, dass sie die Männer mit ihrem Gesang und ihrem Aussehen verführen könnten.

Hylara begann mit einer weichen, melodiösen Stimme zu singen, während Sylla sich verführerisch bewegte. Die anderen Fische im Netz zappelten weiter, aber die Mädchen konzentrierten sich nur auf die Männer.

Einer der Fischer rieb sich ungläubig die Augen. „Was... was sind das für Wesen?", flüsterte er.

„Sie sehen aus wie Meerjungfrauen aus den alten Geschichten", antwortete ein anderer, seine Stimme voller Ehrfurcht.

Hylara und Sylla lächelten und gaben ihr Bestes, um die Männer zu verzaubern. Aber anstatt fasziniert oder verliebt zu sein, schienen die Fischer entweder angewidert oder desinteressiert.

„Was wollen sie von uns?", fragte ein dritter Fischer, der sich unwohl fühlte.

„Ich weiß es nicht, aber wir sollten sie zurück ins Wasser werfen", antwortete ein anderer.

Bevor die Mädchen reagieren konnten, griffen zwei Fischer sie und hoben sie aus dem Netz. Mit einem kräftigen Stoß wurden sie über Bord geworfen.

Hylara und Sylla tauchten auf und sahen das Boot empört an. „Warum haben sie das getan?", fragte Sylla wütend.

Hylara zuckte mit den Schultern. „Ich dachte, es wäre einfach, einen menschlichen Mann zu finden, aber anscheinend nicht."

Die beiden Mädchen waren gekränkt und beleidigt. Sie hatten erwartet, dass die Männer von ihnen fasziniert sein würden, aber stattdessen waren sie zurückgewiesen worden.

„Komm", sagte Hylara entschlossen. „Lass uns zu dieser Insel schwimmen, von der wir gehört haben."

Sylla nickte und die beiden Mädchen schwammen in Richtung der Insel, die in der Ferne zu sehen war. Sie waren entschlossen, ihr Glück dort zu versuchen und hofften, dass die Menschen dort freundlicher und offener wären.

Während sie schwammen, sprachen sie über ihre Erlebnisse und wie sie sich fühlten. „Ich verstehe nicht, warum die Männer so reagiert haben", sagte Sylla traurig.

Hylara lächelte. „Vielleicht hatten sie Angst oder waren einfach nur überrascht."

„Aber wir sind doch wunderschön und unser Gesang ist so süß", sagte Sylla.

Hylara lachte. „Ja, das stimmt. Aber vielleicht sind die Menschen einfach anders als wir."

Die beiden Mädchen schwammen weiter und erreichten schließlich die Insel. Sie waren müde, aber entschlossen, ihr Glück hier zu versuchen.

„Vielleicht finden wir hier jemanden, der uns versteht und schätzt", sagte Hylara hoffnungsvoll.

Sylla nickte. „Ja, und wenn nicht, haben wir immer noch einander."

Die beiden Mädchen lächelten und schwammen weiter.

- angewidert - disgusted
- Anziehungskraft - attraction
- betrachteten - observed, looked at
- empört - indignant, outraged
- Ehrfurcht - awe, reverence
- entweder - either
- gekränkt - hurt, offended
- melodiösen - melodic
- schaukelte - rocked, swayed
- ungläubig - disbelieving, incredulous
- verführen - seduce
- verzaubern - enchant
- wütend - angry

11. Der verschmutzte Traum

Die Insel sah aus der Ferne aus wie ein Paradies. Ein langer, goldener Sandstrand, an dem viele Menschen spielten und sich sonnten. Hylara und Sylla waren erfüllt von Aufregung, als sie näher kamen. Aber diese Aufregung verblasste schnell.

„Was ist das?", fragte Sylla entsetzt, als sie gegen eine Plastiktüte schwamm. Dann stieß sie gegen eine Plastikflasche und dann gegen noch mehr Müll.

Hylara sah sich um und war ebenfalls entsetzt. „Das Wasser ist voller Müll! Wie konnte das passieren?"

Die Mädchen schwammen weiter und versuchten, den Abfällen auszuweichen, die sie überall umgaben. Aber es wurde nur schlimmer. Plötzlich fühlte sich das Wasser um sie herum anders an, und ein unangenehmer Geruch stieg ihnen in die Nase.

„Was ist das?", fragte Hylara und verzog das Gesicht.

Sylla sah sich um und erkannte das Problem. „Das ist Abwasser! Es kommt von der Insel!"

Beide waren angewidert und schwammen schnell, um dem schmutzigen Wasser zu entkommen. Aber bevor sie weit kamen, hörten sie das laute Brummen eines Motors und das Wasser um sie herum begann zu wirbeln.

„Vorsicht!", schrie Hylara, gerade als ein Schnellboot dicht an ihnen vorbeiraste.

Sylla tauchte tief, um nicht von dem Boot erfasst zu werden, und als sie wieder auftauchte, hörte sie das laute Gelächter und die betrunkene Stimme von Menschen vom Boot.

„Was machen diese Leute?", fragte sie, immer noch außer Atem.

Hylara sah wütend auf das sich entfernende Boot. „Sie kümmern sich nicht um die Umwelt oder andere Lebewesen im Wasser. Sie denken nur an sich selbst."

Die beiden Mädchen waren schockiert und enttäuscht von dem, was sie gesehen und erlebt hatten. „Die Menschen haben diese wunderschöne Insel und das Wasser um sie herum zerstört", sagte Sylla traurig.

Hylara nickte. „Ja, und es macht mich wütend und traurig zugleich."

Die Mädchen wussten nicht, was sie tun sollten. Sollten sie versuchen, mit den Menschen auf der Insel zu sprechen und ihnen von den Gefahren für den Ozean zu erzählen? Oder sollten sie einfach wegbleiben und hoffen, dass die Menschen eines Tages erkennen würden, was sie getan haben?

„Ich weiß nicht, was wir tun sollen", sagte Sylla.

Hylara seufzte. „Ich auch nicht. Aber wir können nicht einfach nichts tun."

Die beiden Mädchen schwammen eine Weile in Stille, jeder in seinen eigenen Gedanken versunken. Dann sah Hylara Sylla entschlossen an. „Wir müssen versuchen, mit den Menschen zu sprechen und ihnen zu zeigen, was sie getan haben. Vielleicht können wir sie dazu bringen, sich zu ändern."

Sylla lächelte und nickte. „Ja, du hast recht. Wir müssen es versuchen."

Mit neuem Mut und Entschlossenheit schwammen die beiden Mädchen weiter in Richtung der Insel, bereit, den Menschen die Wahrheit über ihre verschmutzte Umwelt zu zeigen und zu hoffen, dass sie zuhören würden.

- Abfällen - waste, trash
- Abwasser - wastewater, sewage
- entsetzt - horrified, appalled
- erfüllt - filled, imbued
- Gelächter - laughter
- Geruch - smell, odor
- Motors - engine's, motor's
- Plastikflasche - plastic bottle
- Plastiktüte - plastic bag
- Schnellboot - speedboat
- sonnten - sunbathed
- verschmutzte - polluted
- wirbeln - swirl, whirl
- zerstört - destroyed

12. Begegnung mit den Tauchern

Das Wasser um die Insel war klar und das bunte Leben darunter leuchtete in der Sonne. Hylara und Sylla schwammen vorsichtig entlang der Küste, in der Hoffnung, endlich auf freundliche

Menschen zu stoßen. Als sie die Silhouetten von Tauchern in der Ferne entdeckten, hellten sich ihre Gesichter auf.

„Schau mal!", rief Sylla aufgeregt und zeigte auf die zwei Männer, die im Wasser tauchten. „Das könnte unsere Chance sein!"

Hylara nickte zustimmend. „Ja, ein Mann für jeden von uns. Vielleicht können sie uns besser verstehen."

Mit neugewonnener Hoffnung schwammen die Mädchen zu den Tauchern. Doch als sie näher kamen, konnten sie sehen, dass die Männer von ihrem plötzlichen Auftauchen überrascht und erschrocken waren.

„Hey, wir wollen nur reden!", rief Hylara, aber ihre Worte schienen die Taucher nur noch mehr zu erschrecken.

Einer der Männer, mit großen Augen, begann schnell zur Küste zu schwimmen, während der andere, in Panik, tief in einen Abgrund tauchte.

„Oh nein!", rief Sylla. „Es ist zu tief für ihn!"

Hylara nickte besorgt. „Wir müssen ihm helfen."

Die beiden Mädchen folgten dem Taucher in die Tiefe, und es wurde schnell klar, dass er in Schwierigkeiten war. Sein Atem wurde schwerfälliger und er schien sich zu verirren.

„Schnell!", rief Hylara, als sie auf den Mann zusteuerte.

Die Mädchen ergriffen den Taucher und begannen, ihn schnell zur Oberfläche zu ziehen. Als sie endlich das Licht des Tages erreichten, hustete und keuchte der Mann, immer noch in sichtlicher Panik. Sobald er an der Oberfläche war, schwamm er voller Angst zur Insel.

Die Mädchen sahen sich enttäuscht an. „Warum haben sie so reagiert?", fragte Sylla traurig.

Hylara seufzte. „Vielleicht ist die Legende von Atlantis in der menschlichen Welt vergessen oder sie haben einfach Angst vor dem Unbekannten."

Sylla nickte. „Ich dachte, wir könnten Freunde finden, aber vielleicht ist es besser, wenn wir von hier weggehen."

Hylara stimmte zu. „Ja, vielleicht ist es besser, nach Hause zurückzukehren."

Die Mädchen warfen einen letzten Blick auf die Insel und schwammen dann enttäuscht und traurig zurück in Richtung Atlantis. Sie hatten gehofft, Verbindungen zur menschlichen Welt zu knüpfen, aber es schien, als ob diese Begegnung nur bewiesen hatte, wie unterschiedlich und unverständlich die beiden Welten füreinander waren.

- Abgrund - abyss, chasm
- Atem - breath
- Auftauchen - appear, emerge
- begann - began
- Begegnung - encounter, meeting
- enttäuscht - disappointed
- erschrocken - scared, startled
- hellten - brightened
- keuchte - gasped, panted
- neugewonnener - newly gained
- schwerfälliger - more labored
- Silhouetten - silhouettes
- Tauchern - divers
- verirren - to get lost
- zusteuerte - headed towards

Die Königin ist tot

1. Der Tod der Königin

In den goldenen Hallen von Atlantis herrschte eine traurige Stille. Hylara und Sylla waren gerade von ihrer abenteuerlichen Reise zurückgekehrt und hatten gehofft, ihre Geschichten mit ihren Freunden zu teilen.

„Es war so anders bei den Menschen", sagte Hylara, während sie und Sylla mit ihren Freundinnen in einem der schönen Gärten von Atlantis saßen. „Aber nicht immer auf eine gute Weise."

Sylla nickte und fügte hinzu: „Es gibt so viele Gefahren da draußen, von denen wir nichts wussten."

Doch die Freude über ihr Wiedersehen wurde von einer düsteren Nachricht überschattet. Ein Bote kam zu ihnen gelaufen, das Gesicht bleich und besorgt. „Die Königin... sie ist tot", verkündete er mit gebrochener Stimme.

Ein Aufschrei des Entsetzens erfüllte die Luft. Die Königin von Atlantis war nicht nur eine Herrscherin, sondern auch eine Mutterfigur für alle. Sie war weise, gerecht und geliebt von allen Bewohnern von Atlantis.

„Das kann nicht wahr sein", flüsterte Sylla und Tränen füllten ihre Augen. Hylara legte tröstend einen Arm um sie.

Doch der Tod der Königin war nicht das einzige Problem. Da sie viele Töchter hatte und keinen klaren Nachfolger für den Thron benannt hatte, wuchs die Spannung in Atlantis. Jede ihrer Töchter glaubte, das Recht zu haben, die nächste Königin zu werden.

„Ich habe gehört, dass Prinzessin Alira eine Armee bildet", sagte eine der Freundinnen von Hylara und Sylla. „Sie will Königin werden."

„Aber auch Prinzessin Elara hat viele Anhänger", warf eine andere ein.

Hylara und Sylla tauschten besorgte Blicke aus. „Das klingt nach Ärger", murmelte Hylara.

Und sie sollte recht behalten. In den folgenden Tagen wurden überall in Atlantis Armeen gebildet. Die einst friedliche Stadt wurde in einen Bürgerkrieg gezogen, der Schwester gegen Schwester stellte.

Eines Tages, als Hylara und Sylla durch die Stadt schwammen, wurden sie plötzlich von einer Gruppe Kriegerinnen umzingelt.

„Ihr gehört jetzt zu uns", sagte eine der Kriegerinnen und zeigte auf ein Symbol, das Hylara und Sylla als das von Prinzessin Alira erkannten.

„Wir wollen keinen Teil dieses Krieges haben", protestierte Sylla.

Aber ihre Proteste wurden ignoriert. Die beiden wurden in das Lager von Prinzessin Alira gebracht und gezwungen, sich ihrer Armee anzuschließen.

Tage vergingen, und die Kämpfe wurden immer heftiger. Überall in Atlantis gab es Zerstörung und Leid. Hylara und Sylla waren verzweifelt und wollten nur, dass der Krieg endete.

Eines Abends, als sie in ihrem Zelt lagen, flüsterte Hylara: „Wir müssen einen Weg finden, um diesem Wahnsinn ein Ende zu setzen."

Sylla nickte zustimmend. „Aber wie? Wir sind nur zwei gegen so viele."

Hylara lächelte schwach. „Vielleicht können wir einen Unterschied machen. Wir müssen es zumindest versuchen."

Und so begannen die beiden, einen Plan zu schmieden, um den Krieg zu beenden und Frieden nach Atlantis zurückzubringen. Aber die Frage blieb: Wer würde den Krieg gewinnen und Königin werden?

- abenteuerlichen - adventurous
- Anhänger - followers, supporters
- Armee - army
- Bewohnern - inhabitants

- Bote - messenger
- gebildet - formed
- gezwungen - forced
- Herrscherin - ruler, sovereign (feminine)
- Kriegerinnen - female warriors
- Mutterfigur - mother figure
- Nachfolger - successor
- Thron - throne
- tröstend - comforting
- umzingelt - surrounded
- Wahnsinn - madness, insanity
- zerstörung - destruction

2. Die Schlacht beginnt

Die Sonne schien hell, doch die Atmosphäre in Atlantis war alles andere als heiter. Der imposante Palast, einst Symbol des Friedens und der Pracht, war nun der Brennpunkt heftiger Kämpfe.

Überall entstanden plötzlich Explosionen, die das klare Wasser in eine trübe Brühe verwandelten. Hylara, die für Prinzessin Alira kämpfte, wurde in die vorderste Front geschickt. Währenddessen verteidigte Sylla einen strategisch wichtigen Punkt für Prinzessin Elaras Armee.

„Vorwärts! Für Prinzessin Alira!", schrie einer der Krieger neben Hylara, als er sie in den Kampf führte.

In der Ferne konnte Sylla die Rufe von Hylaras Truppe hören. „Hylara!", schrie sie, aber ihre Stimme ging im Lärm der Schlacht unter.

Die Armeen der Königstöchter waren beeindruckend und gut ausgerüstet. Überall funkelten Waffen und die Kriegerinnen setzten ihre speziellen Fähigkeiten ein, um den Feind zu besiegen.

In einem kurzen ruhigen Moment, versuchte Hylara, sich zu orientieren. „Sylla!", rief sie wiederholt, in der Hoffnung, ihre Freundin in dem Chaos zu finden.

Ein anderer Krieger kam zu ihr. „Du musst hierbleiben! Es ist zu gefährlich!", warnte er.

Doch Hylara schüttelte den Kopf. „Ich muss meine Freundin finden."

Gleichzeitig suchte auch Sylla nach Hylara. Als sie eine vertraute Stimme hörte, schwamm sie in die Richtung des Rufs. „Hylara!", rief sie und bald trafen sich die beiden in der Mitte eines Schlachtfelds.

„Sylla! Endlich!", sagte Hylara erleichtert.

„Wir müssen hier raus", sagte Sylla und zog Hylara mit sich.

Die beiden schwammen schnell und trafen auf eine Gruppe ihrer Freunde. Zusammen suchten sie nach einem sicheren Ort, um sich zu verstecken.

„Da drüben! Eine Höhle!", rief einer und sie folgten ihm.

In der Höhle war es dunkel und ruhig. Sie hörten nur das ferne Echo der Schlacht.

„Was sollen wir jetzt tun?", fragte Hylara.

„Wir müssen warten, bis es sicher ist", antwortete Sylla.

Die Stunden vergingen und die Kämpfe draußen wurden immer heftiger. Die Freunde in der Höhle versuchten sich gegenseitig zu trösten und hofften, dass der Krieg bald vorbei sein würde.

„Wir müssen zusammenhalten", sagte Hylara. „Egal was passiert, wir werden es gemeinsam durchstehen."

Alle nickten zustimmend. In dieser dunklen Stunde, tief in der Höhle von Atlantis, schworen sie sich, dass sie alles tun würden, um zu überleben und ihre Heimat zu retten.

- Atmosphäre - atmosphere
- beeindruckend - impressive
- Brennpunkt - focal point
- Explosionen - explosions

- heftiger - intense
- Heimat - homeland, home
- imposante - imposing
- orientieren - to orient oneself
- Palast - palace
- Pracht - splendor, magnificence
- schlachtfelds - battlefield
- schüttelte - shook
- strategisch - strategic
- trübe Brühe - murky broth (here, it means murky water)
- vergingen - passed (as in time passed)
- vertraute - familiar
- zustimmend - approvingly, in agreement

3. Der geheime Treffpunkt

Während der Kämpfe fanden Hylara und Sylla einen verborgenen Durchgang, der sie zu einem geheimen Raum führte. Sie waren überrascht, einige bekannte Gesichter dort zu sehen.

„Was macht ihr hier?", flüsterte Sylla.

„Wir wollen diese sinnlosen Kämpfe beenden", antwortete Lenora, eine ältere Atlanteanerin. „Diese Kämpfe bringen nur Leid und Zerstörung."

Hylara und Sylla nickten. „Wir wollen helfen", sagte Hylara entschlossen.

Gemeinsam diskutierten sie einen Plan, um ein Zeichen des Friedens zu senden und die Kämpfe zu beenden. „Wir müssen eine Botschaft an alle senden, dass Krieg nicht der Weg ist", sagte Sylla.

„Ja, und ich weiß genau, wie", erwiderte Lenora und zeigte auf eine alte Karte. „Hier gibt es einen alten Tempel, der einst als Ort des Friedens und der Einheit genutzt wurde. Wir können dort ein Signal senden."

In der Dunkelheit der Nacht machten sie sich auf den Weg zum Tempel. Sie schwammen leise durch die trüben Gewässer, stets wachsam, um nicht entdeckt zu werden.

Als sie den Tempel erreichten, begannen sie, das Friedenssignal vorzubereiten. „Wenn das Licht vom Tempel ausgestrahlt wird, wird jeder in Atlantis es sehen", erklärte Lenora.

Doch gerade als sie das Signal aktivieren wollten, hörten sie Geräusche. „Schnell, versteckt euch!", flüsterte Sylla.

Es war zu spät. Eine Gruppe Kriegerinnen, loyal zu einer der Prinzessinnen, hatte sie entdeckt und stürmte den Tempel. Ein heftiger Kampf brach aus. Hylara und Sylla kämpften mutig, doch die Übermacht war zu groß.

„Schwimm, Sylla!", rief Hylara, als sie von zwei Kriegerinnen zurückgehalten wurde.

Sylla wollte nicht ohne ihre Freundin gehen, doch sie wusste, dass sie keine Wahl hatte. Sie musste das Friedenssignal senden.

Mit einigen anderen gelang es ihr, aus dem Tempel zu fliehen. Sie aktivierte das Signal, und ein helles Licht erstrahlte über Atlantis. Jeder konnte es sehen und die Botschaft war klar: Es war Zeit für Frieden.

Währenddessen wurde Hylara, zusammen mit anderen, gefangen genommen und zurück in die Stadt gebracht. Sylla wusste, dass sie ihre Freundin retten musste, aber sie wusste auch, dass sie jetzt die Hoffnung für Atlantis war.

Das Licht des Friedens leuchtete in der Dunkelheit und obwohl der Krieg noch nicht vorbei war, war ein erster Schritt in Richtung Frieden getan. Das Schicksal von Atlantis hing nun in der Balance.

- Durchgang - passage, passageway
- erstrahlte - shone, radiated
- erwiderte - replied, retorted
- Gewässer - waters
- leuchtete - shone, lit up

- loyal - loyal
- Signal - signal
- Tempel - temple
- verborgen - hidden, concealed
- Zeichen - sign, symbol

4. Die Hoffnung lebt

Das leuchtende Signal des Friedens, das über Atlantis erstrahlte, war für viele ein Zeichen der Hoffnung. Die Nachricht von dem geheimen Treffen verbreitete sich wie ein Lauffeuer, und überall begannen die Atlanteaner, über die Zukunft ihrer Stadt zu sprechen.

Hylara, die aus der Gefangenschaft entkommen konnte, und Sylla fanden sich plötzlich im Mittelpunkt der Aufmerksamkeit. Sie wurden zu den ungewollten Anführern einer wachsenden Bewegung, die den Krieg beenden wollte.

„Wir müssen allen zeigen, dass es einen anderen Weg gibt", sagte Hylara zu Sylla, als sie in einem versteckten Raum zusammensaßen.

„Ja", stimmte Sylla zu. „Wir müssen die Menschen von Atlantis vereinen."

In den folgenden Tagen organisierten sie große Versammlungen, bei denen die Bürger von Atlantis zusammenkamen, um ihre Wünsche und Hoffnungen für eine friedliche Zukunft auszudrücken.

„Frieden! Frieden!", riefen die Menschen, als sie durch die Straßen von Atlantis marschierten.

Aber nicht alle waren erfreut über diese neue Bewegung. Die Töchter der verstorbenen Königin, insbesondere die Mächtigsten unter ihnen, sahen die Friedensbewegung als Bedrohung für ihre Macht.

„Wir müssen sie stoppen!", sagte Prinzessin Alira wütend zu ihren Beratern. „Sie zerstören alles, was wir aufgebaut haben."

Und so begannen sie, ihre Kräfte zu mobilisieren, um die Friedensbewegung zu bekämpfen. Überall in Atlantis gab es Angriffe auf die Anhänger des Friedens.

„Sie werden uns nicht stoppen", sagte Hylara entschlossen zu einer Gruppe von Unterstützern. „Wir sind stärker, wenn wir zusammenhalten."

Sylla nickte. „Die Hoffnung von Atlantis lebt in uns allen. Wir dürfen nicht aufgeben."

Die Tage vergingen, und die Kämpfe wurden intensiver. Aber trotz der ständigen Gefahr wuchs die Friedensbewegung immer weiter. Immer mehr Menschen schlossen sich Hylara und Sylla an und glaubten an ihre Vision von einem friedlichen Atlantis.

Eines Tages, als die Sonne über dem Ozean aufging, versammelten sich Tausende von Atlanteanern vor dem großen Palast. Sie hielten Transparente in den Händen und sangen Lieder des Friedens.

„Wir sind hier, um Frieden zu fordern", sagte Hylara laut und klar. „Wir werden nicht ruhen, bis jeder Bürger von Atlantis in Frieden leben kann."

Die Töchter der Königin beobachteten die Demonstration von ihrem Palast aus. Sie waren überwältigt von der Anzahl der Menschen, die sich gegen sie gestellt hatten.

„Vielleicht ist es Zeit für einen Wandel", flüsterte eine von ihnen.

Die Hoffnung von Atlantis lebte weiter, und obwohl der Weg zum Frieden noch lang und voller Herausforderungen war, glaubten die Menschen fest daran, dass ihre Träume von einem besseren Morgen Wirklichkeit werden würden.

- Anführer - leaders
- Anhänger - supporters, followers
- Aufmerksamkeit - attention
- Beratern - advisors

- Bewegung - movement
- Demonstration - demonstration, protest
- entkommen - to escape
- erfreut - pleased, delighted
- Gefangenschaft - captivity
- Lauffeuer - wildfire (figuratively, "spread like wildfire")
- Transparente - banners, placards
- Überwältigt - overwhelmed
- ungewollten - unintended, unwanted
- Unterstützern - supporters
- Versammlungen - assemblies, gatherings
- Wandel - change, transformation
- Wirklichkeit - reality
- zerstören - to destroy

5. Das Ende des Krieges

Der schreckliche Krieg in Atlantis hatte viele Opfer gefordert, doch die Hoffnung und Entschlossenheit der Friedensbewegung ließ nie nach. Mit jedem Tag wuchs ihre Zahl, und die Botschaft von Frieden und Einheit breitete sich in der ganzen Stadt aus.

Eines Morgens kündigten laute Trommeln die bevorstehende Schlacht an. Die Armeen der Königstöchter, mit glitzernden Rüstungen und Waffen, waren bereit, die Stadt zurückzuerobern. Doch ihnen gegenüber standen die Friedenskämpfer, angeführt von Hylara und Sylla, bereit, für ihre Überzeugung zu kämpfen.

„Für Atlantis! Für den Frieden!", rief Hylara, ihre Stimme voller Entschlossenheit.

Die Kämpfe waren heftig. Überall waren Blitze von Magie und das Klirren von Waffen zu hören. Doch trotz der Übermacht der Königstöchter waren die Friedenskämpfer in der Überzahl und kämpften mit einer Leidenschaft, die ihre Gegner nicht hatten.

Nach Stunden erbitterten Kampfes wurde klar, dass die Friedensbewegung siegen würde. Erschöpft, aber triumphierend, feierten sie ihren Sieg.

„Wir haben es geschafft", sagte Sylla atemlos, als sie Hylara umarmte.

Die Töchter der Königin wurden gefangen genommen und in den Palast gebracht. Ihr Stolz war gebrochen, doch Hylara und Sylla zeigten Gnade. „Dieser Krieg hat genug Leid gebracht", sagte Hylara. „Es ist Zeit für Vergebung."

Die Stadt feierte ihre neuen Heldinnen. Überall in Atlantis gab es Feste und Musik. Die Menschen tanzten auf den Straßen, sangen Lieder und feierten das Ende des Krieges.

„Ihr habt dies möglich gemacht", sagte eine alte Frau zu Hylara und Sylla, als sie ihnen dankte. „Ihr habt uns Hoffnung gegeben."

Während die Stadt feierte, begannen die Arbeiten zum Wiederaufbau. Überall halfen die Menschen zusammen, um die Schäden des Krieges zu beheben und Atlantis zu seiner früheren Pracht zurückzuführen.

In den folgenden Tagen stellte sich die Frage, wer die nächste Königin von Atlantis sein sollte. Viele blickten zu Hylara und Sylla, die beiden jungen Frauen, die die Stadt gerettet hatten. Doch die beiden lehnten ab.

„Wir haben nicht für Macht oder Ruhm gekämpft", sagte Sylla. „Wir haben für den Frieden gekämpft. Das ist unser wahres Erbe."

Stattdessen schlugen sie vor, eine Ratsversammlung zu gründen, in der alle Bürger von Atlantis vertreten wären. So würde die Stadt von den Menschen regiert, die sie liebten und beschützten wollten.

Mit diesem neuen System der Regierung blickte Atlantis hoffnungsvoll in die Zukunft, bereit für ein neues Zeitalter des Friedens und der Zusammenarbeit. Und während die Sonne über dem Ozean unterging, wussten alle, dass eine neue Ära für Atlantis begonnen hatte.

- atemlos - breathless
- beheben - to repair, remedy

- bevorstehende - impending, upcoming
- Blitze - flashes, lightning
- erbitterten - fierce, bitter
- Feste - festivals, parties
- früheren Pracht - former glory
- Gegner - opponents, enemies
- Gnade - mercy
- Klirren - clinking, clattering
- Leidenschaft - passion
- Magie - magic
- Opfer - victims
- Ratsversammlung - council assembly
- Ruhm - fame
- Rüstungen - armors
- Schlacht - battle
- trommeln - drums
- triumphierend - triumphant
- Vergebung - forgiveness
- Wiederaufbau - reconstruction, rebuilding
- Zeitalter - era, age

Ein Land ohne Männer

1. Ein dringendes Problem

In der wunderschönen Stadt Atlantis war der Krieg endlich vorbei. Die einst glitzernden Paläste und farbenfrohen Korallengärten waren Zeugen von Kämpfen und Leid geworden. Nun, da die Schlachten vorbei waren, begann das Leben in Atlantis langsam wieder normal zu werden. Doch ein dringendes Problem beschäftigte die Bewohner.

Die meisten Atlanteanerinnen saßen in einem großen Saal zusammen und sprachen leise miteinander. Hylara und Sylla, die beiden jungen Freundinnen, standen am Rand und flüsterten.

„Es werden nur Mädchen geboren", sagte Hylara besorgt.

Sylla nickte. „Das ist ein großes Problem. Wie sollen wir ohne Männer Kinder bekommen?"

Die beiden blickten sich an, die Sorge deutlich in ihren Augen. Es war ein Geheimnis von Atlantis, dass hier nur Mädchen geboren wurden. In der Vergangenheit hatten die Atlanteanerinnen menschliche Männer getroffen, um Kinder zu bekommen. Aber nach dem Krieg und den vielen verlorenen Leben wurde das Problem noch dringender.

„Wir müssen etwas tun", sagte Hylara entschlossen. „Wir können nicht einfach warten und hoffen, von Menschen gefunden zu werden."

Sylla stimmte zu. „Lass uns einen Plan machen."

In den folgenden Tagen planten die beiden Mädchen heimlich. Sie wussten, dass sie einen menschlichen Mann finden und nach Atlantis bringen mussten. Sie hatten Geschichten von kleinen Booten und Yachten gehört, die in der Nähe ihrer Heimat segelten. Es wäre das perfekte Ziel.

Eines Nachts, als der Mond hoch am Himmel stand und das Meer ruhig war, schwammen Hylara und Sylla an die Oberfläche. Sie suchten den Horizont ab und entdeckten bald die Lichter einer kleinen Yacht. Ihr Herz schlug schneller vor Aufregung.

„Das ist es", flüsterte Sylla. „Lass uns näher kommen."

Sie schwammen leise zur Yacht und kletterten an Bord. Sie bewegten sich vorsichtig, um keinen Lärm zu machen. Im Licht des Mondes entdeckten sie einen Mann, der tief und fest schlief.

Hylara und Sylla sahen sich an, ihr Plan war in Bewegung. Sie würden diesen Mann nach Atlantis bringen, in der Hoffnung, dass er ihnen helfen könnte. Doch sie wussten, dass sie sich auf ein unbekanntes Abenteuer einließen.

- beschäftigte - occupied, preoccupied
- Bewohner - inhabitants, residents
- deutlich - clear, evident
- dringend - urgent
- entschlossen - determined, resolute
- Geheimnis - secret
- heimlich - secretly
- Horizont - horizon
- Kämpfen - battles, fights
- Korallengärten - coral gardens
- Lärm - noise
- Leid - sorrow, suffering
- Mond - moon
- Oberfläche - surface
- Paläste - palaces
- segelten - sailed
- Sorge - concern, worry
- unbekannt - unknown
- verlorenen Leben - lost lives
- Yachten - yachts
- Zeugen - witnesses

2. Die Entführung

Auf dem Deck der Yacht war alles still, bis auf das sanfte Plätschern des Wassers. Hylara und Sylla sahen sich den schlafenden Mann an. Sie wussten, sie mussten vorsichtig sein.

„Wir müssen leise sein", flüsterte Hylara und sah sich um, um sicherzustellen, dass niemand in der Nähe war.

Sylla nickte und sagte: „Lass uns Magie verwenden, um ihn zu binden." Sie holte eine kleine Perle aus ihrer Tasche, murmelte einige Worte und warf sie auf den Mann. Ein sanftes blaues Licht umhüllte ihn, und er war festgebunden.

Die Mädchen nahmen vorsichtig den schlafenden Mann und tauchten mit ihm ins Wasser. Sie schwammen schnell in Richtung Atlantis. Durch die Magie konnte der Mann unter Wasser atmen, und er blieb im Schlaf.

Aber während der Reise erwachte der Mann plötzlich und begann sich zu wehren. Seine Augen waren voller Angst und Verwirrung. Hylara und Sylla versuchten, ihn zu beruhigen.

„Ruhig!", sagte Hylara. „Wir werden dir nichts tun."

Der Mann sah sie mit großen Augen an. „Wer seid ihr? Wo bringt ihr mich hin?"

Sylla antwortete: „Wir sind Atlanteanerinnen. Wir bringen dich nach Atlantis."

Der Mann schien immer noch verwirrt. „Atlantis? Das ist nur eine Legende!"

„Es ist real", sagte Hylara. „Wir brauchen deine Hilfe."

Bald erreichten sie Atlantis. Die prächtige unterwasser Stadt war ein Anblick zum Staunen. Der Mann war beeindruckt und ängstlich zugleich. Als sie in die Stadt kamen, sahen viele Atlanteanerinnen neugierig zu. Sie hatten noch nie einen Menschen gesehen.

Hylara und Sylla führten den Mann in einen großen Saal. „Dies ist unsere Heimat", sagte Sylla stolz.

Viele Atlanteanerinnen kamen näher, um den Mann zu betrachten. Sie waren gespannt und hoffnungsvoll. Aber als sie mehr über den Mann erfuhren, waren sie überrascht.

„Er ist trans", flüsterte eine Atlanteanerin.

Hylara und Sylla waren verwirrt. Sie hatten nicht erwartet, dass der Mann trans war. „Was bedeutet das?", fragte Hylara leise.

Eine ältere Atlanteanerin erklärte: „Es bedeutet, dass er uns nicht helfen kann, Kinder zu bekommen."

Die Mädchen waren enttäuscht, aber sie wussten, dass sie den Mann zurückbringen mussten. Sie hatten einen Fehler gemacht, und es war ihre Aufgabe, ihn zu korrigieren.

- Anblick - sight, view
- ängstlich - anxious, scared
- Atlanteanerinnen - female Atlanteans (based on context)
- beruhigen - to calm down
- Deck - deck (of a ship)
- Entführung - kidnapping, abduction
- erwachte - woke up
- flüsterte - whispered
- Kinder zu bekommen - to have children
- korrigieren - to correct
- Legende - legend
- Magie - magic
- neugierig - curious
- Perle - pearl
- prächtige - magnificent
- Sanft - gentle
- Staunen - amazement
- trans - trans (short for transgender)
- umhüllte - enveloped
- Verwirrung - confusion
- wehren - to defend, resist

3. Ein großes Missverständnis

In Atlantis war die Atmosphäre angespannt. Die Nachricht über die Identität des Mannes verbreitete sich wie ein Lauffeuer durch die Stadt. Überall konnte man enttäuschte und besorgte Gesichter sehen. Die Hoffnung, die sie alle gehabt hatten, war plötzlich verschwunden.

Hylara und Sylla fühlten sich besonders schuldig. Sie hatten den Mann ohne genaue Überlegung entführt und dadurch viele Probleme verursacht. Sie beschlossen, mit ihm zu sprechen und sich zu entschuldigen.

„Es tut uns wirklich leid", sagte Hylara bedrückt, als sie vor dem Mann standen. „Wir haben nicht nachgedacht."

Sylla fügte hinzu: „Wir wollten einfach nur helfen und haben dabei einen großen Fehler gemacht."

Der Mann sah die beiden Mädchen an und seufzte. „Ich verstehe, warum ihr das getan habt. Aber es war wirklich ein Schock für mich. Ich hatte Angst und war verwirrt."

„Erzähl uns von dir", bat Hylara. „Vielleicht können wir dich besser verstehen."

Der Mann setzte sich und begann zu erzählen. „Mein Name ist Tom. Ich bin als Mädchen geboren, aber ich habe mich immer als Mann gefühlt. Vor einigen Jahren habe ich mich entschieden, als Mann zu leben. Es war nicht einfach, aber ich bin glücklich mit meiner Entscheidung."

Hylara und Sylla hörten aufmerksam zu. Sie hatten noch nie von so etwas gehört und waren fasziniert von Toms Geschichte.

„Die menschliche Welt ist sehr komplex", fuhr Tom fort. „Es gibt viele verschiedene Arten von Menschen, und jeder hat seine eigene Geschichte. Es ist nicht einfach, alles zu verstehen."

„Das merken wir", sagte Sylla leise. „Wir müssen mehr über Menschen lernen, bevor wir weitere Entscheidungen treffen."

Die Mädchen entschuldigten sich erneut bei Tom und versprachen, ihn zurück zu seinem Zuhause zu bringen. In der

Dunkelheit der Nacht schwammen sie mit ihm zur Oberfläche und brachten ihn zu der Insel, auf der sie ihn gefunden hatten.

Tom war dankbar und lächelte die Mädchen an. „Danke, dass ihr mich zurückgebracht habt. Und danke, dass ihr zugehört habt."

Hylara und Sylla nickten. „Wir haben viel gelernt. Pass gut auf dich auf, Tom."

Mit diesen Worten schwammen sie zurück nach Atlantis, fest entschlossen, mehr über die menschliche Welt zu erfahren.

- angefühlt - felt like
- angespannt - tense
- aufmerksam - attentively, carefully
- bedrückt - downcast, saddened
- besonders - especially
- besorgte - worried, concerned
- dankbar - grateful
- Entscheidungen - decisions
- entschlossen - determined
- fasziniert - fascinated
- gefunden - found
- Identität - identity
- komplex - complex
- Mädchen - girl
- Missverständnis - misunderstanding
- seufzte - sighed
- verbreitete - spread
- verstehen - to understand
- zugehört - listened to
- zurückgebracht - brought back

4. Die Begegnung mit dem ruhigen Mann

Auf dem Weg zurück nach Atlantis sahen Hylara und
weitere Yacht, die friedlich auf dem Wasser schaukelte.
noch immer von ihrer letzten Begegnung entmutigt, fü
aber auch entschlossen und hoffnungsvoll. Sie beschl
Glück erneut zu versuchen.

Die beiden schwammen leise zur Yacht und spranger
einem eleganten Sprung auf das Deck. Vor ihnen stand
Mann mit grauem Haar. Er rauchte eine Zigarre und s
überrascht an. Der Zigarrenrauch stieg in die Luft und
den Kehlen der Mädchen, was sie sofort husten ließ.

„Wer seid ihr?", fragte der Mann, ohne seine Ruhe zu

„Bitte entschuldigen Sie den Rauch", meinte Hylara
und rieb sich die Augen.

Der Mann lachte. „Keine Sorge. Es ist selten, dass
direkt auf mein Boot springt." Er nahm einen Schluck
Brandy und bot den Mädchen auch etwas an.

„Wollt ihr etwas trinken?", fragte er und reichte ihne

Sylla zögerte, aber schließlich nahm sie einen kleine
Ihr Gesicht verzog sich sofort. „Das schmeckt… me
sagte sie und stellte das Glas ab.

Hylara lachte. „Wir sind nicht gewohnt, solche G
trinken."

Der Mann nickte. „Ich kann mir vorstellen. Ihr sei
hier, oder?"

Die Mädchen sahen sich an und erzählten ihm
Mission, menschliche Männer zu finden, um ihre Art z

Der Mann hörte aufmerksam zu und schien die S
verstehen. „Es ist nicht einfach, in eurer Lage zu sei
nachdenklich. „Aber Gewalt ist nicht die Lösung. Viell
einen anderen Weg."

Die Mädchen schauten ihn hoffnungsvoll an. „Hab
Idee?", fragte Hylara.

Der Mann lächelte. „Ich kenne viele Menschen in vielen Ländern. Vielleicht kann ich euch helfen. Aber zuerst müssen wir uns besser kennenlernen."

Die Mädchen waren erleichtert und dankbar. Sie verbrachten den Rest des Tages mit dem Mann, lernten mehr über die menschliche Welt und erzählten ihm von Atlantis. Es war der Beginn einer unerwarteten Freundschaft.

- Begegnung - encounter, meeting
- dankbar - grateful
- entmutigt - discouraged
- erzählten - told
- Gewalt - violence
- husten - to cough
- kehlen - throats
- kennenlernen - to get to know
- lachte - laughed
- merkwürdig - strange
- nachdenklich - thoughtful
- rauchte - smoked
- sarkastisch - sarcastic
- schaukelte - rocked, swayed
- schmeckt - tastes
- überrascht - surprised
- unerwarteten - unexpected
- verbrachten - spent (time)
- verzog - contorted
- Zigarre - cigar

5. Das dunkle Geheimnis

„Bleibt an Bord", schlug der Mann vor. „Ich werde euch in den Hafen bringen, dort kann ich euch vielleicht helfen." Die Mädchen waren dankbar für das Angebot und stimmten zu.

„Vielen Dank", sagte Hylara mit einem Lächeln. „Wir wissen wirklich nicht, wie wir uns in der Menschenwelt bewegen sollen."

„Keine Sorge", antwortete der Mann. „Ich kenne mich hier gut aus."

Während sie sich dem Hafen näherten, beobachteten die Mädchen die Welt um sich herum. Es war alles so neu und anders für sie. Sie sprachen mit dem Mann und stellten viele Fragen.

„Wie heißt du eigentlich?", fragte Sylla neugierig.

„Man nennt mich Erik", antwortete er.

„Schön, dich kennenzulernen, Erik", sagte Hylara höflich.

Erik lächelte. „Es ist mir ein Vergnügen."

Als sie schließlich im Hafen ankamen, half Erik den Mädchen von Bord. Doch kaum waren sie an Land, wurden sie plötzlich von mehreren Männern umringt. Die Mädchen erkannten schnell, dass diese Männer nicht freundlich waren.

„Was passiert hier?", fragte Hylara erschrocken.

Erik blickte sie mit einem kalten, harten Ausdruck an. „Es tut mir leid, Mädchen, aber Geschäft ist Geschäft."

„Was meinst du damit?", fragte Sylla verwirrt.

„Erik ist nicht der, den ihr glaubt", sagte einer der Männer. „Er ist in kriminelle Geschäfte verwickelt und sieht in euch einen großen Gewinn."

Die Mädchen versuchten zu fliehen, aber die Männer waren zu stark und schnell für sie. Sie wurden gepackt und in einen dunklen Keller gesperrt.

„Lass uns hier raus!", schrie Hylara, aber niemand antwortete.

Die Mädchen umarmten sich aus Angst. Sie hatten keine Ahnung, was als Nächstes passieren würde.

„Wir müssen hier raus", flüsterte Sylla. „Aber wie?"

Hylara dachte nach. „Wir müssen einen Plan machen. Und schnell."

Die beiden Freundinnen begannen, nach einem Ausweg zu suchen. Sie wussten, dass ihre Zeit begrenzt war und sie mussten schnell handeln, bevor es zu spät war.

- ankamen - arrived
- Ausdruck - expression
- Ausweg - way out
- begrenzt - limited
- bewegen - move
- Geschäft - business, deal
- gewinn - profit
- Hafen - harbor, port
- kriminelle - criminal
- neugierig - curious
- umringt - surrounded
- verwickelt - involved
- Vergnügen - pleasure

6. Im Labor des verrückten Wissenschaftlers

Im Keller, in dem Hylara und Sylla gefangen waren, war es dunkel und feucht. Ohne Beine fühlten sie sich hilflos und eingeschlossen. Ihr Heimvorteil unter Wasser nützte ihnen hier nichts. Sie vermissten das klare Wasser von Atlantis, das sanfte Schimmern der Unterwasserstadt und das Gefühl der Freiheit, das sie dort hatten.

„Warum tut Erik uns das an?", fragte Sylla mit Tränen in den Augen.

Hylara versuchte, stark zu sein. „Ich weiß es nicht. Aber wir müssen zusammenhalten. Es muss einen Weg nach draußen geben."

In dieser Nacht hörten sie Stimmen von oben. Die Tür zum Keller öffnete sich, und harte Schritte kamen die Treppe hinunter. Die Mädchen sahen einen Mann in einem weißen Kittel, gefolgt von Erik und einigen anderen Männern.

„Das sind sie also", sagte der Mann im Kittel und musterte die Mädchen genau.

„Ja, Professor Ziegler", sagte Erik. „Genau wie ich es Ihnen beschrieben habe."

Professor Ziegler lächelte kalt. „Perfekt. Sie werden eine großartige Ergänzung für meine Sammlung sein."

„Was wollen Sie von uns?", fragte Hylara mutig.

„Oh, nichts Persönliches", sagte Professor Ziegler. „Ich bin Wissenschaftler. Ich studiere besondere Wesen wie euch. Ihr werdet mir bei meinen Experimenten sehr nützlich sein."

Sylla schauderte. „Experimente? Was für Experimente?"

Der Professor lächelte nur. „Das werdet ihr bald sehen."

Mit der Hilfe von Erik und den anderen Männern wurden die Mädchen aus dem Keller geholt und in einen großen Wagen verfrachtet. Der Wagen fuhr durch die Dunkelheit, und die Mädchen hatten keine Ahnung, wohin sie gebracht wurden.

Endlich hielt der Wagen vor einem großen Gebäude. Die Mädchen wurden in ein Labor gebracht, das voller seltsamer Maschinen und Geräte war.

„Willkommen in meinem Labor", sagte Professor Ziegler mit einem boshaften Grinsen.

Hylara sah ihn wütend an. „Warum tun Sie uns das an? Lassen Sie uns gehen!"

„Oh, das kann ich nicht", antwortete der Professor. „Ihr seid viel zu wertvoll für meine Forschung. Und keine Sorge, ich werde euch nicht wehtun. Zumindest nicht zu sehr."

Die Mädchen waren verzweifelt. Sie fühlten sich hilflos und gefangen. Aber sie wussten, dass sie nicht aufgeben durften. Sie mussten einen Weg finden, aus diesem schrecklichen Ort zu entkommen und zurück nach Atlantis zu gelangen. Und sie würden es zusammen schaffen, egal was passierte.

- beschrieben - described
- boshaftes Grinsen - malicious grin
- Ergänzung - addition, supplement
- Experimente - experiments
- Forschung - research
- Gebäude - building
- Geräte - devices, equipment
- Kittel - lab coat
- Labor - laboratory
- Maschinen - machines
- musterte - scrutinized, examined
- nützte - was of use, benefited
- Professor - professor
- Sammlung - collection
- schrecklichen - terrible
- verfrachtet - carted off, transported
- verzweifelt - desperate
- Wagen - car, vehicle
- Wesen - beings, creatures
- wütend - angry

7. Der Ausbruch

Der Wissenschaftler, Professor Ziegler, war fasziniert von Hylara und Sylla. Er wollte mit seinen Experimenten beginnen, aber er hatte nicht die Hilfe von starken Männern wie Erik. Dies könnte ein Vorteil für die Mädchen sein.

In dem Moment, als der Professor sich ihnen näherte, flüsterte Hylara Sylla zu: „Sei bereit."

Sylla nickte. Sie wussten, dass sie kämpfen mussten, um zu überleben. Als der Professor näher kam, schnappte Hylara plötzlich nach ihm und biss ihn mit ihren scharfen Zähnen. Der Professor schrie vor Schmerz.

Sylla nutzte die Gelegenheit und sprang vor, um den Professor mit ihrem Schwanz zu schlagen. Er fiel zu Boden und blieb reglos liegen.

„Hylara!", rief Sylla. „Wir müssen jetzt gehen!"

Aber ohne Beine war es nicht einfach, sich zu bewegen. Das Labor war voller Hindernisse und Türen. Sie versuchten, sich mit ihren Armen und Fischschwänzen fortzubewegen, aber es war sehr langsam und anstrengend.

„Dort!", rief Hylara und zeigte auf ein Fenster. „Vielleicht können wir da raus!"

Sie bewegten sich so schnell wie möglich zum Fenster. Sylla benutzte einen nahe gelegenen Stock, um das Fenster zu zerbrechen. Frische Luft strömte herein.

„Hilf mir!", sagte Sylla, als sie versuchte, sich durch das Fenster zu drücken. Es war nicht einfach, aber nach einigen Minuten schaffte sie es, sich nach draußen zu ziehen. Hylara folgte ihr.

Draußen atmeten sie erleichtert auf. Aber sie wussten, dass sie noch nicht in Sicherheit waren.

„Wir müssen weit weg von hier", sagte Hylara. „Bevor jemand kommt."

Sylla stimmte zu. „Ja, und wir müssen einen Weg zurück ins Wasser finden."

Die beiden Mädchen setzten ihre Reise fort, getrieben von der Hoffnung, nach Hause zurückzukehren und die Schrecken des Labors hinter sich zu lassen.

- anstrengend - exhausting, strenuous
- Ausbruch - breakout, escape
- biss - bit (past tense of "beißen")
- drücken - to push, press
- erleichtert - relieved
- fasziniert - fascinated
- fortzubewegen - to move forward

- Hindernisse - obstacles
- näherte - approached (from "nähern")
- reglos - motionless, still
- Schrecken - terror, horror
- scharfen Zähnen - sharp teeth
- Schwanz - tail
- Stock - stick, rod
- Vorteil - advantage
- zerbrechen - to break, shatter

8. Markus, der Freund der Meerjungfrauen

Hylara und Sylla waren erschöpft. Jede Bewegung auf dem Land verursachte Schmerzen. Sie hatten gehofft, niemandem zu begegnen, doch das Schicksal hatte andere Pläne für sie.

Ein Auto näherte sich und hielt neben ihnen. Ein junger, gutaussehender Mann stieg aus. „Hey, geht es euch gut?" Er schaute besorgt. Die Mädchen waren misstrauisch, doch in seiner Stimme war keine Bedrohung zu hören.

Hylara versuchte, die Situation zu erklären: „Wir sind ... verloren. Kannst du uns helfen?"

Markus lächelte, noch immer fasziniert von ihrem Aussehen. „Natürlich. Mein Name ist Markus."

Die Mädchen stellten sich vor und erklärten ihm ihre Situation. Markus, obwohl überrascht, bot seine Hilfe an. „Ich habe einen Ort, wo ihr sicher sein könnt. Kommt mit."

In Markus' Haus fühlten sich Hylara und Sylla wohl. Er half ihnen, sich zu erholen und bot ihnen Essen und Trinken an. Die Mädchen erzählten ihm ihre Geschichte und Markus war fasziniert.

Tage vergingen und die drei wurden gute Freunde. Eines Tages, während sie zusammen saßen und sprachen, fühlten Hylara und Sylla eine Verbindung zu Markus, die tiefer ging als nur Freundschaft.

Eines Abends, während die Sterne leuchteten, fanden sich die drei in einer intimen Umarmung wieder. Es war eine Verbindung aus Liebe und Vertrauen.

Einige Wochen später bemerkten die Mädchen, dass sie schwanger waren. Sie waren überglücklich und teilten die Neuigkeiten mit Markus.

„Wir müssen zurück ins Meer", sagte Sylla. „Unsere Kinder müssen in Atlantis geboren werden."

Markus nickte verständnisvoll. „Ich werde euch helfen."

In der folgenden Nacht fuhr Markus die Mädchen zum Meer. Sie hielten am Strand und schauten auf das ruhige Wasser.

Hylara umarmte Markus fest. „Danke für alles. Wir werden dich nie vergessen."

Markus lächelte traurig. „Ich werde euch auch nie vergessen. Passt gut auf euch und eure Kinder auf."

Die Mädchen nickten, Tränen in den Augen. Dann tauchten sie ins Wasser und schwammen zurück nach Atlantis.

Markus stand am Strand, bis er sie nicht mehr sehen konnte. Er wusste, dass er sie nie wiedersehen würde, aber er war glücklich, ihnen geholfen zu haben und diese besondere Verbindung mit ihnen geteilt zu haben.

- begegnen - to encounter, meet
- besorgt - concerned, worried
- erholen - to recover, recuperate
- erschöpft - exhausted
- gutaussehend - good-looking, handsome
- intimen - intimate
- misstrauisch - suspicious, distrustful
- schwanger - pregnant
- Stere - stars
- traurig - sad
- überglücklich - overjoyed, ecstatic

- Verbindung - connection
- verständnisvoll - understanding, sympathetic
- wohl - well, comfortable

Der große Streit

1. Die Überraschung

Unter dem klaren, blauen Wasser von Atlantis schwammen Hylara und Sylla Hand in Hand zurück in ihre Heimat. Die Stadt glitzerte vor ihnen, die Lichter der biolumineszenten Pflanzen tanzten im Wasser.

„Kannst du glauben, dass wir bald Mütter sein werden?", fragte Sylla aufgeregt.

Hylara lächelte und drückte Syllas Hand. „Es ist unglaublich. Aber ich bin so glücklich, dass wir das zusammen erleben können."

Als sie in die Stadt zurückkehrten, versammelten sich ihre Freunde um sie. „Ihr seid zurück!", rief Liana, eine ihrer engsten Freundinnen, und umarmte beide.

„Ja, und wir haben Neuigkeiten", sagte Hylara und strich sich über ihren Bauch.

Alle Augen richteten sich auf sie. „Wir sind schwanger!", verkündete Sylla freudig.

Ein freudiger Tumult brach aus. „Oh, wie wunderbar!", „Das ist so aufregend!", „Ihr werdet großartige Mütter sein!", waren nur einige der Ausrufe.

Die Tage nach ihrer Ankündigung waren wie ein Wirbelwind. Geschenke wurden geliefert, von weichen, seidigen Decken bis hin zu winzigen Schmuckstücken für die Babys. Aber mit der Freude kamen auch die Gerüchte.

Eines Tages, während sie sich in einem ruhigen Garten entspannten, näherte sich ihre Freundin Elara ihnen. „Habt ihr die Gerüchte gehört?", fragte sie leise.

„Welche Gerüchte?", fragte Sylla besorgt.

Elara zögerte. „Einige sind eifersüchtig auf eure plötzliche Popularität. Sie sagen, ihr habt diese Schwangerschaft nur erfunden, um im Mittelpunkt zu stehen."

Hylara seufzte. „Warum können die Leute nicht einfach glücklich für uns sein?"

Elara legte tröstend eine Hand auf ihre Schulter. „Ihr wisst, wie es in Atlantis ist. Aber ihr dürft euch davon nicht runterziehen lassen."

Trotz Elaras tröstenden Worten fühlten sich Hylara und Sylla verletzt. Aber sie beschlossen, sich auf das Positive zu konzentrieren und sich auf die Ankunft ihrer Babys vorzubereiten. Es gab noch so viel zu tun und zu lernen.

„Wie auch immer die anderen reagieren, wir werden unsere Babys mit aller Liebe und Fürsorge großziehen", versprach Sylla.

Hylara nickte zustimmend. „Ja, das werden wir."

Während die Tage vergingen und ihre Bäuche wuchsen, konzentrierten sich die beiden darauf, die bestmöglichen Mütter zu sein, die sie sein könnten. Und mit der Unterstützung ihrer wahren Freunde wussten sie, dass sie alle Herausforderungen bewältigen würden, die vor ihnen lagen.

- aufgeregt - excited
- Ausrufe - exclamations
- biolumineszenten - bioluminescent
- eifersüchtig - jealous
- erfunden - invented
- Fürsorge - care, attention
- Gerüchte - rumors
- großziehen - to raise (children)
- Herausforderungen - challenges
- Mittelpunkt - center, spotlight
- Popularität - popularity
- runterziehen - to get down, to depress
- Schmuckstücken - pieces of jewelry
- seidigen - silky
- Tumult - tumult, uproar
- verkündete - announced

- verletzt - hurt
- wahren - true, real
- Wirbelwind - whirlwind
- zustimmend - approving, agreeingly

2. Der Streit

Atlantis, die glitzernde Stadt unter dem Meer, war nicht immer ein Ort des Friedens, besonders nicht in diesen Tagen. Hylara und Sylla waren das Zentrum von Gerüchten und Tratsch, seit sie zurückgekehrt waren.

Eines Tages schwamm Liana zu Sylla und flüsterte ihr etwas ins Ohr. „Einige sagen, die Väter eurer Babys könnten aus Atlantis sein."

Sylla war schockiert. „Das ist nicht wahr! Warum würden sie das sagen?"

„Vielleicht sind sie eifersüchtig oder neugierig", antwortete Liana.

Hylara, die das Gespräch gehört hatte, fügte hinzu: „Wir haben niemandem hier Schaden zugefügt. Warum können sie uns nicht in Ruhe lassen?"

In den folgenden Tagen spürten Hylara und Sylla die Kälte von vielen ihrer Freundinnen. Einige wechselten die Straßenseite, wenn sie sie kommen sahen, während andere hinter vorgehaltener Hand flüsterten.

Die Spannung erreichte ihren Höhepunkt während einer großen Party in der Stadt. Als Hylara und Sylla eintraten, spürten sie sofort die feindselige Atmosphäre.

Eine eifersüchtige Atlanteanerin namens Mira trat vor. „Also, Hylara, hast du uns etwas über die Väter deines Babys zu erzählen?"

Hylara antwortete selbstbewusst: „Die Wahrheit haben wir immer erzählt. Warum willst du Unruhe stiften?"

Mira lachte. „Vielleicht weil du und Sylla immer im Mittelpunkt stehen wollen."

Sylla, die ihrer Freundin zur Seite stand, erwiderte scharf: „Das ist nicht fair, Mira. Wir wollen nur in Frieden leben."

Aber Mira war nicht bereit, nachzugeben. Sie stieß Hylara an, die fast fiel. Das war das Signal für ein allgemeines Durcheinander. Andere mischten sich ein, und bald war die Party in vollem Chaos.

Liana und einige andere versuchten, zwischen den Streithähnen zu vermitteln, aber es war zu spät. Die Party endete abrupt, und viele verließen den Ort wütend und enttäuscht.

Zurück in ihrem Zuhause waren Hylara und Sylla am Boden zerstört. „Ich kann nicht glauben, dass das passiert ist", sagte Sylla mit Tränen in den Augen.

Hylara nahm ihre Hand. „Wir müssen stark bleiben. Wir wissen die Wahrheit, und das ist alles, was zählt."

Die beiden umarmten sich fest und schworen, sich durch die schwierigen Zeiten zu unterstützen. Sie hofften, dass die Zeit die Wunden heilen und die Freundschaften wiederherstellen würde.

- abrupt - abruptly
- Durcheinander - chaos, confusion
- enttäuscht - disappointed
- erwiderte - replied
- feindselige - hostile
- flüsterte - whispered
- Gerüchten - rumors
- Höhepunkt - climax, peak
- neugierig - curious
- selbstbewusst - confident
- Streithähnen - brawlers, fighters
- Tratsch - gossip
- Unruhe stiften - to cause trouble
- vermitteln - to mediate

- wiederherstellen - to restore
- wütend - angry
- zerstört - devastated

3. Das Geheimnis

Inmitten des Trubels in Atlantis suchte Hylara nach Trost und Rat. Als sie am Rande der Stadt spazieren ging, stieß sie auf Alara, eine alte Atlanteanerin, die für ihre Weisheit und ihre Geschichten bekannt war.

Alara sah Hylara an und lächelte. „Du siehst besorgt aus, mein Kind."

Hylara seufzte. „Es gibt so viele Probleme, Alara. Ich weiß nicht, was ich tun soll."

Die alte Frau nickte. „Komm, setz dich zu mir. Ich habe eine Geschichte für dich."

Während die beiden nebeneinander saßen, begann Alara zu erzählen: „Es gibt einen Ort in Atlantis, von dem nur wenige wissen. Ein Ort voller Magie und Geheimnisse."

Hylara lauschte gespannt. „Was ist das für ein Ort?"

Alara lächelte geheimnisvoll. „Es ist ein Ort, der dir helfen kann, deine Babys zu schützen."

Hylaras Augen leuchteten auf. „Bitte, sag mir, wo dieser Ort ist!"

Die alte Frau zögerte einen Moment und sagte dann: „Es ist gefährlich, aber ich werde dir den Weg zeigen."

Hylara eilte zu Sylla und erzählte ihr von ihrer Entdeckung. Zusammen beschlossen sie, diesen geheimen Ort zu suchen.

Sie folgten Alaras Anweisungen und fanden sich bald vor einem dunklen Eingang. Mit Vorsicht betraten sie die Höhle. Im Inneren funkelten die Wände, und es gab viele Gänge.

Während sie tiefer in die Höhle gingen, stießen sie auf einen Raum voller glänzender Gegenstände. Es waren magische Artefakte, von denen Alara gesprochen hatte.

Sylla nahm eines der Artefakte. „Sieh dir das an! Es pulsiert mit Energie."

Hylara nickte. „Wir sollten einige davon mitnehmen. Vielleicht können sie uns helfen."

Die Mädchen füllten ihre Taschen mit den Artefakten und machten sich auf den Rückweg nach Atlantis.

Als sie zurück waren, zeigten sie ihre Funde ihren Freunden. Alle waren erstaunt über die mächtigen Artefakte.

Hylara lächelte. „Ich hoffe, dass dieser Ort uns helfen wird. Wir müssen alles tun, um unsere Babys zu schützen."

Die anderen nickten zustimmend. Es war klar, dass sie vor einer neuen Herausforderung standen. Aber mit den magischen Artefakten an ihrer Seite fühlten sie sich bereit, sich jeder Gefahr zu stellen.

- Anweisungen - instructions
- Artefakte - artifacts
- besorgt - worried
- Eingang - entrance
- Entdeckung - discovery
- erstaunt - amazed
- funkelten - sparkled
- Gänge - corridors, passages
- Geheimnis - secret
- geheimnisvoll - mysterious
- Herausforderung - challenge
- Höhle - cave
- Magie - magic
- pulsiert - pulsates
- Trubels - turmoil, hustle and bustle

- Weisheit - wisdom
- zustimmend - approvingly

4. Die Versöhnung

Die Straßen von Atlantis waren still. Die Spannungen nach den Gerüchten und dem großen Streit hingen noch in der Luft. Aber Hylara und Sylla wollten das ändern.

„Wie können wir Frieden bringen?", fragte Hylara nachdenklich.

Sylla lächelte. „Vielleicht könnten wir ein Fest veranstalten? Etwas, das uns alle wieder zusammenbringt."

Die Idee gefiel Hylara. „Ein Fest der Einheit und der Liebe. Lasst uns beginnen!"

In den nächsten Tagen waren sie beschäftigt mit den Vorbereitungen. Sie sammelten Essen, dekorierten die Plätze und luden Musikgruppen ein.

Endlich war der große Tag gekommen. Überall in Atlantis glänzte und glitzerte es. Musik spielte, und das Lachen und die Freude kehrten zurück.

Als die Sonne unterging, standen Hylara und Sylla in der Mitte des Festplatzes. Alle Augen waren auf sie gerichtet. Sylla räusperte sich und begann zu sprechen.

„Freundinnen von Atlantis, wir haben dieses Fest organisiert, um uns zu entschuldigen. Wir wissen, dass die letzten Wochen schwierig waren."

Hylara nickte. „Ja, es gab Missverständnisse und Gerüchte. Aber heute wollen wir die Wahrheit erzählen."

Sie erzählten von ihrer Reise, von den Menschen, die sie getroffen hatten, und von ihrer Rückkehr nach Atlantis. Die Menge hörte still zu.

Als sie fertig waren, stand eine der älteren Atlanteanerinnen auf. „Wir alle machen Fehler. Aber es braucht Mut, sich zu entschuldigen. Ich vergebe euch."

Eine nach der anderen standen die Atlanteanerinnen auf und umarmten Hylara und Sylla. Es gab Tränen und Lachen, und die Atmosphäre war voller Liebe und Verständnis.

Das Fest ging bis spät in die Nacht, mit Tanz, Gesang und Geschichten.

Als die ersten Sonnenstrahlen den Himmel berührten, sahen Hylara und Sylla sich an. „Ich denke, der Frieden ist zurück in Atlantis", sagte Sylla.

Hylara lächelte. „Ja, zumindest für jetzt. Aber wir müssen daran arbeiten, dass es so bleibt."

Die beiden Mädchen nahmen sich fest an den Händen. Sie wussten, dass es noch viele Herausforderungen geben würde, aber sie waren bereit, sie gemeinsam zu bewältigen.

- Festplatz - festival ground, fairground
- Missverständnisse - misunderstandings
- nachdenklich - thoughtful
- räusperte sich - cleared one's throat
- Sonnenstrahlen - sun rays
- Verständnis - understanding
- Versöhnung - reconciliation
- vergebe - forgive
- Vorbereitungen - preparations

5. Die Geburt

Atlantis war in Aufregung. Die Geburt der Babys von Hylara und Sylla stand bevor, und die ganze Stadt wartete gespannt darauf.

Hylara war die Erste, die Anzeichen einer bevorstehenden Geburt zeigte. „Ich glaube, es ist Zeit", sagte sie zu Sylla, während sie ihre Hand fest drückte.

„Keine Sorge", beruhigte Sylla sie, „wir sind zusammen in dieser Situation."

Bald wurden sie von erfahrenen Hebammen umgeben, die sie durch den Prozess führten. „Tief durchatmen und entspannen", riet eine Hebamme.

Die Stunden vergingen, und es gab viele Komplikationen. Aber schließlich hörte man das erste Weinen eines Babys. Und dann noch eines. Hylara hatte Zwillinge bekommen! Zwei Mädchen. Sie waren klein, aber gesund. Hylara war erschöpft, aber ihr Herz war voller Freude.

Nicht lange danach begann auch Sylla, Wehen zu haben. Mit Unterstützung der Hebammen brachte sie ein gesundes Mädchen zur Welt. Sylla lächelte müde und nahm ihr Baby in die Arme.

Die Nachricht von der Geburt der Babys verbreitete sich schnell in Atlantis. Es gab Jubel und Freudenfeiern. Jeder wollte die neuen Mitglieder von Atlantis sehen und begrüßen.

„Sie sind so schön", flüsterte eine alte Atlanteanerin, während sie einen der Zwillinge betrachtete.

„Sind sie gesund?", fragte eine andere besorgt.

„Ja, sie sind stark und gesund", antwortete die Hebamme stolz.

Hylara und Sylla lagen nebeneinander, mit ihren Babys in den Armen. Sie waren überglücklich. Trotz aller Herausforderungen und Komplikationen hatten sie es geschafft.

„Wir haben es geschafft", sagte Sylla leise zu Hylara.

„Ja, wir haben es geschafft", antwortete Hylara und drückte Syllas Hand.

In dieser Nacht feierte Atlantis die Ankunft der neuen Babys. Es gab Musik, Tanz und Gelächter. Es war ein neuer Beginn für die Stadt, ein Zeichen der Hoffnung und des Neuanfangs.

- Anzeichen - signs
- Aufregung - excitement
- bevorstehenden - impending
- Hebammen - midwives
- Jubel - cheering, jubilation
- Komplikationen - complications
- Neuanfangs - new beginning
- Wehen - labor (contractions during childbirth)
- Zwillinge - twins

6. Die Entführung

Die Tage in Atlantis waren friedlich. Hylara und Sylla kümmerten sich um ihre neugeborenen Babys, unterstützt von ihren Freunden und Familie. Doch diese Ruhe sollte nicht lange anhalten.

Eines Morgens entdeckte Sylla, dass Hylaras Zwillinge verschwunden waren. „Hylara! Die Babys sind weg!", rief sie alarmiert.

Hylara eilte herbei und sah sich um. Die Krippe war leer. „Wo könnten sie sein?", fragte sie verzweifelt.

Zu dieser Zeit kam eine unbekannte Atlanteanerin in die Stadt. Sie war dunkel und geheimnisvoll, und niemand wusste, wer sie war oder woher sie kam. Aber sie hatte dunkle Absichten im Sinn.

Hylara und Sylla suchten überall nach den Babys, aber sie waren nirgends zu finden. „Wir müssen sie finden!", sagte Sylla entschlossen.

In ihrer Verzweiflung gingen sie zur geheimen Höhle, von der sie zuvor gehört hatten. Dort fanden sie einen Hinweis - ein Stück Stoff von der Kleidung der Zwillinge.

„Das muss von der Entführerin sein!", sagte Hylara.

Mit Hilfe der magischen Artefakte, die sie in der Höhle gefunden hatten, konnten sie den Weg der Entführerin verfolgen. Sie folgten der Spur tief in den Ozean hinein, wo es dunkel und gefährlich war.

Nach einer langen und anstrengenden Suche fanden sie schließlich die Entführerin. Sie hielt die Zwillinge in ihren Armen und lächelte finster.

„Warum hast du sie genommen?", rief Hylara wütend.

„Ich habe meine Gründe", antwortete die Entführerin kalt.

Es kam zu einer heftigen Konfrontation. Hylara und Sylla kämpften mutig gegen die Entführerin. Schließlich konnten sie die Zwillinge befreien und die Entführerin wurde gefangen genommen.

Zurück in Atlantis wurden die Babys sicher in ihre Krippe gelegt, und Hylara und Sylla waren erleichtert.

Aber die Frage blieb: Wer war diese mysteriöse Atlanteanerin und warum hatte sie die Babys entführt?

- anhalten - last, continue
- alarmiert - alarmed
- anstrengenden - exhausting
- Artefakte - artifacts
- befreien - free, liberate
- dunkel - dark
- entdeckte - discovered
- Entführerin - kidnapper (female)
- erleichtert - relieved
- gefährlich - dangerous
- genommen - taken
- geheimnisvoll - mysterious
- Konfrontation - confrontation
- Krippe - crib
- mysteriöse - mysterious

- neugeborenen - newborn
- Spur - trail, trace
- unbekannte - unknown
- verzweifelt - desperate
- weg - gone, away

7. Die Prophezeiung

Nachdem die Babys sicher zurückgebracht wurden, begannen Gerüchte in Atlantis zu zirkulieren. Es wurde geflüstert, dass es eine alte Prophezeiung über die Zwillinge und Syllas Baby gab.

In einem der alten Tempel von Atlantis fand ein älterer Priester ein uraltes Buch. Darin stand eine Prophezeiung. „Die Kinder, geboren von denen, die das menschliche Reich bereisten, werden das Schicksal von Atlantis entscheiden."

Als Hylara davon hörte, fragte sie neugierig: „Was bedeutet diese Prophezeiung?"

Der Priester antwortete: „Es wird gesagt, dass diese Babys eine besondere Bestimmung haben. Sie werden große Anführerinnen in Atlantis werden."

Viele in Atlantis glaubten an die Prophezeiung und sahen die Babys als Hoffnung für ihre Stadt. Aber es gab auch Skeptiker, die die Prophezeiung für Aberglauben hielten.

Sylla, immer die Besorgte, sagte zu Hylara: „Was, wenn diese Prophezeiung unseren Kindern Probleme bereitet? Was, wenn sie nicht bereit sind für diese Bestimmung?"

Hylara nickte zustimmend. „Wir sollten die Weisen von Atlantis konsultieren."

Die beiden suchten Rat bei den ältesten und weisesten Bewohnerinnen von Atlantis. Eine alte Weise namens Myrina empfing sie in ihrem Tempel.

„Wir haben von der Prophezeiung gehört", begann Hylara, „Was bedeutet sie für unsere Kinder?"

Myrina sah in die Augen der beiden Mütter und sprach: „Jede Prophezeiung birgt eine Herausforderung. Eure Kinder könnten Atlantis zu neuer Größe führen oder zu seinem Untergang."

Sylla schluckte hart. „Was können wir tun, um sie zu schützen?"

Myrina lächelte sanft. „Liebt sie, erzieht sie richtig, und vertraut darauf, dass sie ihren Weg finden werden."

Hylara und Sylla verließen den Tempel, noch immer besorgt, aber mit einem Funken Hoffnung im Herzen. Die Zukunft war ungewiss, aber eines war klar: Sie würden alles tun, um ihre Kinder zu beschützen.

- Aberglauben - superstition
- Anführerinnen - leaders (female)
- bereisten - traveled
- Bestimmung - destiny
- Bewohnerinnen - inhabitants (female)
- geboren - born
- Gerüchte - rumors
- Herausforderung - challenge
- konsultieren - consult
- neugierig - curious
- Prophezeiung - prophecy
- Reich - realm
- Schicksal - fate
- Skeptiker - skeptics
- Tempel - temple
- ungewiss - uncertain
- uraltes - ancient
- Weisen - wise people (sages)
- zirkulieren - circulate
- zustimmend - approvingly

8. Die Erziehung

In Atlantis wurde das Leben mit jedem Tag lebendiger, besonders in den Häusern von Hylara und Sylla. Die Babys, über die so viel geredet wurde, wuchsen schnell. Jeden Tag lernten sie etwas Neues und ihre Persönlichkeiten begannen sich zu entwickeln.

„Schau, wie sie schwimmt!" rief Hylara eines Tages, als einer ihrer Zwillinge anfing, mit beeindruckender Geschwindigkeit zu schwimmen.

„Ja, sie sind wirklich besonders," sagte Sylla lächelnd, während sie zusah, wie ihr Mädchen mit den anderen spielte.

Die Erziehung der Kinder war jedoch nicht immer einfach. Hylara und Sylla wollten, dass ihre Kinder die Werte und Traditionen von Atlantis lernen. Sie erzählten ihnen Geschichten von der Stadt, ihrer Geschichte und ihren Vorfahren.

Eines Tages, als die Mädchen im Garten spielten, kam eine ältere Atlanteanerin namens Lysa zu Besuch. „Ihr müsst sie zu Kriegerinnen ausbilden," sagte sie entschlossen. „Sie müssen lernen, sich zu verteidigen."

Aber am nächsten Tag kam eine andere Frau namens Nerea. „Sie sollten weise Anführerinnen werden," sagte sie. „Gebt ihnen Bücher, lehrt sie die alten Wege."

Mit so vielen Meinungen fühlten sich Hylara und Sylla oft überfordert. „Was sollen wir tun?" fragte Sylla eines Abends, als sie und Hylara sich unterhielten.

Hylara sah ihre Freundin an. „Wir müssen in unseren Herzen nach der Antwort suchen. Wir wissen, was am besten für unsere Kinder ist."

Sylla nickte. „Ja, du hast recht. Aber es ist nicht einfach."

„Nein, das ist es nicht," stimmte Hylara zu. „Aber wir werden den richtigen Weg finden."

Die beiden Frauen waren entschlossen, das Beste für ihre Kinder zu tun. Sie wollten, dass sie sowohl starke Kriegerinnen als auch weise Anführerinnen wurden. Es war ein schwieriger Weg, aber sie waren bereit, ihn zu gehen.

- anfing - began
- ausbilden - train, educate
- beeindruckender Geschwindigkeit - impressive speed
- erzählten - told (past tense of "erzählen")
- Kriegerinnen - warriors (female)
- lebendiger - more lively
- lehrt - teach (imperative form)
- lernten - learned
- Persönlichkeiten - personalities
- sich unterhielten - conversed, talked
- überfordert - overwhelmed
- Vorfahren - ancestors
- Werte - values
- weise - wise
- zusah - watched

9. Die erste Herausforderung

In den tiefen Gewässern von Atlantis herrschte normalerweise Ruhe, aber eines Tages spürten alle eine Veränderung. Dunkle Wolken zogen auf und ein starker Wind begann zu wehen. Es war klar, dass etwas Großes passieren würde.

Hylara und Sylla spielten mit ihren Kindern, als sie bemerkten, dass die Tiere unruhig wurden. „Was ist los?" fragte Hylara besorgt.

„Ich weiß es nicht," antwortete Sylla, während sie ihre Tochter festhielt. „Aber ich habe das Gefühl, dass etwas Schlimmes passieren wird."

Plötzlich kamen die Kinder zu ihren Müttern geschwommen. „Mama, die Tiere sprechen mit uns," sagte eines der Zwillinge von Hylara. „Sie sagen, ein großer Sturm kommt."

Hylara und Sylla sahen sich schockiert an. „Ein Sturm? Hier in Atlantis?“

Die Kinder nickten. „Ja, und wir müssen etwas dagegen tun.“

Die Kinder hatten schon in jungen Jahren gezeigt, dass sie besondere Fähigkeiten hatten. Sie konnten mit Tieren sprechen und hatten eine starke Verbindung zur Magie von Atlantis.

„Wir müssen die Stadt schützen,“ sagte Sylla entschlossen.

Die Familien schwammen zum Zentrum von Atlantis, wo sich viele andere versammelt hatten. Alle sahen besorgt aus, als sie den riesigen Wirbelsturm sahen, der sich der Stadt näherte.

„Wir müssen unsere Kräfte bündeln,“ sagte Hylara. „Kinder, ihr habt besondere Fähigkeiten. Ihr könnt uns helfen.“

Die Kinder konzentrierten sich und begannen, ihre magischen Fähigkeiten zu nutzen. Sie riefen die Tiere zu Hilfe und baten sie, gegen den Sturm zu kämpfen.

Es war ein harter Kampf. Der Sturm war mächtig, und es schien, als ob er die Stadt zerstören würde. Aber die Kinder gaben nicht auf. Mit der Hilfe ihrer Mütter und der anderen Atlanteaner kämpften sie weiter.

Schließlich, nach Stunden des Kampfes, gelang es ihnen, den Sturm zu zerstreuen. Atlantis war sicher.

Es gab Jubel und Freude in der Stadt. Die Kinder wurden als Helden gefeiert. „Ihr habt uns gerettet,“ sagte eine ältere Frau und umarmte die Kinder.

Hylara und Sylla waren stolz auf ihre Kinder. „Ihr seid wirklich besonders,“ sagte Hylara und drückte ihre Zwillinge an sich.

„Ja,“ stimmte Sylla zu. „Aber ich hoffe, wir müssen so etwas nicht noch einmal durchmachen.“

Die Kinder lächelten. „Wir sind bereit, Atlantis immer zu schützen.“

Die Stadt feierte die ganze Nacht. Aber tief im Herzen wussten alle, dass dies nur der Anfang war. Es würde noch viele Herausforderungen geben, denen sie sich stellen müssten.

- bemerkten - noticed
- bündeln - to pool, to combine
- durchmachen - to go through, endure
- Gewässern - waters
- Jubel - cheers, jubilation
- konzentrierten sich - concentrated
- näherte - approached
- rieten - advised, recommended
- schwammen - swam (past tense of "schwimmen")
- stolz - proud
- versammelt - gathered
- Weise - manner, way (can also mean "wise person," but in this context, it's "manner")
- Wirbelsturm - cyclone, tornado
- zerstören - to destroy
- zerstreuen - to disperse, scatter

10. Die Entscheidung

Nach der Rettung von Atlantis durch den Sturm war es klar, dass die Kinder von Hylara und Sylla nicht wie normale Atlanteanerinnen waren. Ihre Fähigkeiten übertrafen die anderer und viele in der Stadt diskutierten über ihre Zukunft.

In einem großen Saal trafen sich die Ältesten von Atlantis. „Diese Kinder sind besonders," sagte eine der Ältesten. „Sie müssen richtig ausgebildet werden."

Eine andere antwortete: „Ja, aber wo? Sollen sie hier in Atlantis bleiben oder außerhalb trainieren?"

Das war eine schwierige Frage. Einige glaubten, dass es sicherer für die Kinder wäre, in Atlantis zu bleiben, während andere dachten, dass sie außerhalb der Stadt neue Techniken und Fähigkeiten lernen könnten.

Mitten in der Diskussion standen Hylara und Sylla auf. „Das sind unsere Kinder,“ sagte Hylara entschlossen. „Wir sollten entscheiden, was am besten für sie ist.“

Die Versammlung wurde still. Alle Augen waren auf die beiden Mütter gerichtet.

Sylla fügte hinzu: „Wir wissen, dass sie besonders sind. Aber sie sind immer noch unsere Kinder. Sie sollten nicht von uns getrennt werden.“

Die Ältesten nickten. „Ihr habt recht,“ sagte einer von ihnen. „Ihr solltet entscheiden.“

Die beiden Mütter gingen zu einem ruhigen Ort und sprachen mit ihren Kindern. „Was wollt ihr machen?“ fragte Sylla.

Die Kinder sahen sich an. „Wir wollen hier bleiben,“ sagte einer der Zwillinge. „Aber wir wollen auch lernen. Wir wollen unsere Fähigkeiten nutzen, um Atlantis zu helfen.“

Die Entscheidung wurde getroffen. Die Kinder würden in Atlantis bleiben und ihre Ausbildung hier beginnen. Die besten Lehrer der Stadt wurden ausgewählt, um ihnen beizubringen, wie sie ihre Kräfte kontrollieren und nutzen können.

In den folgenden Monaten arbeiteten die Kinder hart. Sie lernten schnell und zeigten großes Potenzial. Hylara und Sylla waren stolz auf sie und waren zuversichtlich, dass sie die richtige Entscheidung getroffen hatten.

Aber trotz aller Vorbereitungen wussten alle, dass die Zukunft ungewiss war. Die Prophezeiung über die Kinder war immer noch ein Rätsel und keiner wusste, was sie wirklich bedeutete. Aber eines war sicher: Die Kinder von Hylara und Sylla waren bereit, sich jeder Herausforderung zu stellen.

- ausgebildet - trained, educated
- außerhalb - outside of

- besonders - special, particularly
- diskutierten - discussed
- entschlossen - determined, resolutely
- entscheiden - to decide
- Fähigkeiten - abilities, skills
- getrennt - separated
- Rätsel - mystery, riddle
- Techniken - techniques
- Versammlung - assembly, meeting
- Vorbereitungen - preparations
- zuversichtlich - confident, optimistic

Eine Verschwörung

1. Dunkle Schatten

In den Straßen von Atlantis verbreiten sich Gerüchte wie ein Lauffeuer. Überall wird über eine mögliche Verschwörung gemunkelt.

„Hast du gehört?", fragt Lina ihre Freundin Mila. „Einige wollen die Königin stürzen."

Mila schüttelt den Kopf. „Das kann nicht sein. Warum sollten sie das tun?"

„Sie sagen, die Kinder von Hylara und Sylla sind der Schlüssel zur Macht", flüstert Lina.

Hylara und Sylla hören von diesen Gerüchten und sind besorgt. Sie wissen, dass ihre Kinder in Gefahr sind. Während sie in einem Garten spazieren gehen, diskutieren sie darüber.

„Wir müssen einen sicheren Ort für unsere Kinder finden", sagt Hylara.

„Ja, aber wo?", fragt Sylla. „In Atlantis gibt es viele geheime Orte, aber die Verschwörer könnten überall sein."

In diesem Moment kommt eine Botschafterin der Königin zu ihnen. „Die Königin möchte euch sehen. Es ist dringend."

Die beiden folgen der Botschafterin zum Palast. Die Königin empfängt sie in ihrem Thronsaal.

„Hylara, Sylla", beginnt die Königin, „ich kenne eure Ängste. Ich teile sie. Diese Verschwörer bedrohen nicht nur euch und eure Kinder, sondern ganz Atlantis."

Hylara nickt. „Was können wir tun, Majestät?"

Die Königin atmet tief durch. „Wir müssen uns vereinen. Eine Allianz bilden. Zusammen können wir stärker sein."

Sylla fragt: „Aber wie? Diese Verschwörer sind überall."

„Wir haben Freunde, die uns helfen können", antwortet die Königin.

Plötzlich wird die Diskussion durch ein lautes Geräusch unterbrochen. Ein Bote betritt den Saal. „Entschuldigung, Majestät, aber ein Schiff ist gesunken. Ein Mensch wurde gerettet.“

„Bringt ihn zu mir“, befiehlt die Königin.

Kurze Zeit später wird ein nasser, verwirrter Mann in den Thronsaal geführt. Es ist Markus.

„Wo bin ich?“, fragt er.

Hylara und Sylla sind schockiert, ihren Kindesvater hier zu sehen. „Markus!“, ruft Hylara.

Die Königin sieht die beiden an. „Ihr kennt diesen Mann?“

Sylla nickt. „Ja, Majestät. Er ist der Vater unserer Kinder.“

Die Königin blickt Markus an. „Dann könnten Sie der Schlüssel sein, um Atlantis zu retten.“

- Allianz - alliance
- Botschafterin - ambassador (female)
- dringend - urgent
- empfängt - receives
- geheime - secret
- gemunkelt - whispered, rumored
- Geräusch - noise, sound
- Lauffeuer - wildfire (figuratively: fast-spreading rumor)
- Majestät - majesty
- nasser - wet
- Palast - palace
- Thronsaal - throne room
- unterbrochen - interrupted
- Verschwörer - conspirator(s)
- Verschwörung - conspiracy
- vereinen - unite, merge

2. Unerwartetes Wiedersehen

Markus öffnet die Augen und blinzelt gegen das weiche, bläuliche Licht von Atlantis. Er liegt in einem Raum, der wie aus glitzernden Perlen und Muscheln gebaut zu sein scheint.

„Wo bin ich?", murmelt er und versucht, sich aufzusetzen.

„Markus!", ruft Hylara und eilt zu ihm. Sylla ist dicht hinter ihr.

Er blickt in ihre vertrauten Gesichter und kann kaum glauben, was er sieht. „Hylara? Sylla? Wie... Wo sind wir?"

Sylla nimmt seine Hand. „Du bist in Atlantis. Unsere Heimat."

Hylara fügt hinzu: „Und du bist der Vater unserer Kinder."

Markus starrt sie ungläubig an. „Unserer Kinder?"

Sylla zeigt auf zwei kleine Krippen, in denen ihre Babys schlafen. „Ja, das sind sie."

Markus schluckt schwer. „Das ist so... unerwartet."

„Für uns auch", sagt Hylara und lacht.

Sylla erklärt ihm dann die politische Situation in Atlantis. „Es gibt Gruppen, die die Königin stürzen wollen. Und sie wollen unsere Kinder nutzen, um an die Macht zu kommen."

„Das kann ich nicht zulassen", sagt Markus entschlossen. „Ich will helfen."

Hylara und Sylla lächeln ihn dankbar an. „Das bedeutet uns viel", sagt Hylara.

Die Königin betritt den Raum. „Markus, ich habe von dir gehört. Willkommen in Atlantis."

„Danke, Majestät", antwortet Markus und verbeugt sich.

„Wir brauchen deine Hilfe", sagt die Königin. „Du kommst aus der Welt der Menschen. Vielleicht kannst du uns einen Rat geben, wie wir mit den Verschwörern umgehen sollen."

Markus überlegt einen Moment. „Warum nicht mit ihnen verhandeln? Vielleicht können wir einen Kompromiss finden."

Hylara und Sylla sehen sich skeptisch an. „Es könnte gefährlich sein", warnt Sylla.

„Aber es ist einen Versuch wert", sagt Hylara.

Die Königin stimmt zu. „Wir werden ein Treffen organisieren."

Markus nickt. „Ich werde mein Bestes tun, um zu helfen."

Hylara und Sylla lächeln ihn an. „Wir wissen, dass du das tun wirst." Sie umarmen ihn und bereiten sich auf das bevorstehende Treffen vor. Es wird nicht einfach sein, aber sie sind bereit, alles zu tun, um Atlantis und ihre Familie zu schützen.

- blinzelt - blinks
- dicht - close, closely
- Krippen - cribs
- murmelt - murmurs
- schluckt - swallows
- unerwartet - unexpected
- verbeugt - bows
- vertrauten - familiar
- zeigt - shows

3. Das Treffen

Der alte Tempel in Atlantis, mit seinen leuchtenden Säulen und dem sanften blauen Licht, war einst ein Ort des Gebets und der Meditation. Heute wird er als Treffpunkt für ein wichtiges Gespräch zwischen den Verschwörern und der Königin von Atlantis, begleitet von Markus, Hylara, Sylla und anderen, genutzt.

Markus tritt vor, die Anspannung im Raum ist fast greifbar. „Wir sind hier, um zu reden", beginnt er, „um Lösungen zu finden und nicht um weiter zu kämpfen."

Ein Verschwörer, ein älterer Atlanteaner mit strengen Augen, antwortet: „Wir wollen Gerechtigkeit. Die Königin hat zu lange geherrscht."

„Ich verstehe eure Bedenken", sagt Markus ruhig, „aber Gewalt und Hass werden uns nicht helfen. Wir sollten Frieden und Einheit suchen."

„Einheit?", spottet ein anderer Verschwörer. „Wir wollen Macht."

Hylara tritt ein, ihre Stimme fest. „Macht um jeden Preis? Selbst wenn es Atlantis zerstört?"

Es gibt gemurmelte Zustimmung und Ablehnung von beiden Seiten.

Markus versucht wieder zu vermitteln. „Es muss einen Weg geben, wie wir alle zusammenarbeiten können."

Ein junger Verschwörer fragt: „Und wie soll das gehen?"

„Vielleicht", sagt Markus vorsichtig, „könnte ein Rat gegründet werden. Ein Rat, der die Macht teilt. Jeder hat eine Stimme, jeder hat ein Mitspracherecht."

Die Königin sieht überrascht aus, aber sie nickt. „Das könnte funktionieren."

Die Verschwörer flüstern untereinander, dann sagt der ältere Verschwörer: „Das könnte eine Lösung sein. Aber wir wollen auch sicherstellen, dass unsere Stimmen gehört werden."

Markus lächelt. „Das ist der Sinn eines Rates. Alle Stimmen zählen."

Die Diskussion wird fortgesetzt, mit Argumenten, Vorschlägen und Gegenargumenten. Schließlich, nach Stunden des Redens, wird ein Abkommen getroffen. Ein Rat wird gegründet, und sowohl die Königin als auch die Verschwörer werden darin vertreten sein.

Alle sind erschöpft, aber erleichtert. Ein Krieg wurde verhindert, und Atlantis hat eine Chance auf eine bessere Zukunft.

Als sie den Tempel verlassen, sagt Sylla zu Markus: „Danke. Ohne dich hätten wir das nicht geschafft."

Markus lächelt. „Ich bin froh, helfen zu können."

Und während sie durch die leuchtenden Straßen von Atlantis gehen, wissen sie, dass sie zusammen eine bessere Zukunft für ihre Heimat schaffen können.

- Abkommen - agreement
- Anspannung - tension
- Argumenten - arguments
- begleitet - accompanied
- flüstern - whisper
- gemurmelte - murmured
- geherrscht - reigned
- Gerechtigkeit - justice
- leuchtenden - glowing
- Mitspracherecht - right to have a say
- spottet - mocks
- verhindert - prevented
- vermitteln - mediate

4. Ein neuer Rat

Die Entscheidung war gefallen: Ein Rat sollte in Atlantis gegründet werden, um Frieden und Einheit zu gewährleisten. In einem großen, kristallklaren Saal im Zentrum von Atlantis wurde der Rat versammelt. Schimmernde Tische standen in einer Halbkreisform, und auf jedem Platz lag eine Muschel, durch die sie sprechen konnten.

Als Markus den Saal betrat, fühlte er die Blicke der Atlanteanerinnen auf sich gerichtet. „Markus, wir sind dankbar für deine Hilfe und möchten, dass du dem Rat beitrittst", sagte eine ältere Atlanteanerin namens Lysa.

„Ich bin geehrt", antwortete Markus. „Aber ich bin nicht von hier. Kann ich wirklich helfen?"

Hylara kam zu ihm und legte ihre Hand auf seine Schulter. „Du hast uns bereits geholfen. Deine Perspektive ist wertvoll."

Das erste Treffen des Rates begann. Es gab viele Themen zu besprechen, darunter die Sicherheit von Hylara und Syllas Kindern. „Wir müssen sie schützen", sagte Sylla, ihre Stimme voller Sorge.

„Sie werden sicher sein", versicherte Lysa. „Wir werden sie an einem geheimen Ort unterbringen."

Die Sitzungen des Rates waren nicht immer einfach. Es gab Meinungsverschiedenheiten und Streitigkeiten. Aber mit Markus' Hilfe lernten sie, Kompromisse zu finden und zusammenzuarbeiten.

„Wir müssen unsere alten Wege überdenken", sagte Markus eines Tages. „Die Welt ändert sich. Atlantis muss sich auch ändern."

Unter seiner Anleitung begann Atlantis, sich zu verändern. Neue Technologien wurden eingeführt, und es wurden Brücken zu anderen Unterwasserstädten gebaut.

Die Menschen in Atlantis waren hoffnungsvoll. Der Frieden schien gesichert. Aber wie das Schicksal es so will, drohte bald eine neue Gefahr.

„Es gibt Berichte von fremden Kreaturen in der Nähe", warnte eine Späherin während einer Ratssitzung. „Sie sind nicht freundlich."

„Wir müssen vorbereitet sein", sagte Markus ernst.

Hylara nickte. „Ja, der Frieden ist wertvoll, aber wir müssen auch wachsam sein."

Das Kapitel endete mit einer Atmosphäre der Besorgnis. Was würde diese neue Gefahr für Atlantis bedeuten? Und wie würden sie reagieren?

- beitrittst - join
- Berichte - reports
- Besorgnis - concern
- Blicke - glances, looks
- Brücken - bridges

- dankbar - grateful
- geehrte - honored
- gefährleisten - ensure, guarantee
- Halbkreisform - semi-circle shape
- Meinungsverschiedenheiten - disagreements, differences of opinion
- Sicherheit - security, safety
- Späherin - scout
- Streitigkeiten - disputes, controversies
- unterbringen - accommodate, place
- wachsam - vigilant

5. Fremde Ankunft

Das Wasser in der Nähe von Atlantis wurde unruhig. Eine dunkle Silhouette näherte sich der glitzernden Stadt unter dem Meer. Es war ein menschliches Schiff, größer und moderner als das von Markus.

In Atlantis versammelte sich der Rat, um über die neue Entwicklung zu sprechen. „Was wollen diese Menschen?", fragte Lysa besorgt.

„Ich habe von solchen Entdeckern gehört", sagte Markus. „Sie suchen nach neuen Ländern und Schätzen."

Die Atlanteanerinnen waren beunruhigt. „Wir können ihnen nicht erlauben, unsere Geheimnisse zu entdecken", sagte ein Ratsmitglied namens Daria.

Markus stand auf. „Lasst mich mit ihnen sprechen. Vielleicht können wir ein Abkommen treffen."

Mit einer kleinen Eskorte schwamm Markus zum Schiff. Er wurde an Bord geholt und traf die Entdecker. Es war eine gemischte Gruppe von Männern und Frauen, angeführt von einer Frau namens Captain Elara.

„Ah, ein weiterer Überlebender von einem Schiffbruch?", fragte sie, als sie Markus sah.

„Nein", antwortete Markus. „Ich komme aus Atlantis. Und ich bin hier, um mit euch zu sprechen."

Die Entdecker waren überrascht und fasziniert. Sie hatten viele Geschichten über Atlantis gehört, aber nie geglaubt, dass sie wahr waren. „Wir sind hier, um zu lernen und zu entdecken", sagte Captain Elara.

Markus erzählte ihnen von Atlantis, von Hylara und Sylla und ihren Kindern, und von den Herausforderungen, denen sie gegenüberstanden. Er bat die Entdecker, die Geheimnisse von Atlantis zu respektieren und ihnen zu helfen.

Captain Elara war nachdenklich. „Wir sind Forscher, keine Eindringlinge", sagte sie schließlich. „Wir werden euch helfen."

Markus war erleichtert. Doch zurück in Atlantis waren nicht alle so optimistisch. „Können wir ihnen wirklich vertrauen?", fragte Daria. „Was, wenn sie uns verraten?"

„Wir müssen hoffen und vertrauen", antwortete Markus. „Es ist der einzige Weg."

Das Kapitel endete mit einer Mischung aus Hoffnung und Unsicherheit. Würde die Ankunft der Entdecker Frieden oder Konflikt bringen? Nur die Zeit würde es zeigen.

- Abkommen - agreement
- angeführt - led by
- Eindringlinge - intruders
- Eskorte - escort
- gemischte - mixed
- Geheimnisse - secrets
- nachdenklich - thoughtful
- näherte - approached
- Schiffbruch - shipwreck
- überlebender - survivor
- Unsicherheit - uncertainty
- verraten - betray

6. Verrat

In den ruhigen Straßen von Atlantis gab es eine stille Unruhe. Es wurde gemunkelt, dass ein Mitglied des Rates, Lysa, Informationen an die Entdecker weitergegeben hatte. Sie hatte gesehen, wie sie heimlich mit Captain Elara sprach und Pläne schmiedete.

Markus, der mit einigen Atlanteanerinnen fischte, bemerkte etwas Seltsames. Die Entdecker hatten geheime Geräte und Waffen an Bord ihres Schiffes gebracht. Er fühlte, dass etwas nicht stimmte.

„Hylara, Sylla", flüsterte Markus, als er sie am Abend traf, „ich glaube, wir sind in Gefahr. Die Entdecker haben mehr vor, als sie zugeben."

Hylara schaute besorgt. „Was sollen wir tun?"

Markus antwortete: „Wir müssen den Rat warnen und uns auf den Schutz von Atlantis vorbereiten."

Während einer dringenden Sitzung des Rates enthüllte Markus, was er gesehen und gehört hatte. Das Ratsmitglied Lysa wurde mit Vorwürfen konfrontiert.

„Warum?", fragte Sylla, ihre Augen funkelten vor Wut.

„Ich dachte, sie könnten uns helfen", verteidigte sich Lysa. „Sie haben Technologien, von denen wir nur träumen können."

„Durch Verrat?", fragte die Königin streng.

Bevor Lysa antworten konnte, wurde Atlantis von den Entdeckern angegriffen. Sie verwendeten fortschrittliche Waffen und versuchten, die Kontrolle über die Stadt zu übernehmen.

Es gab Chaos in den Straßen. Doch die Atlanteanerinnen waren mutig. Mit Markus an ihrer Seite und mit Hilfe ihrer eigenen magischen Fähigkeiten kämpften sie gegen die Eindringlinge.

Hylara und Sylla, obwohl besorgt um ihre Kinder, führten den Widerstand an. Sie nutzten die magischen Artefakte aus der geheimen Höhle, um die Entdecker zurückzudrängen.

Nach einem langen und heftigen Kampf wurden die Entdecker besiegt und gefangen genommen. Doch Lysa war nirgends zu finden. Sie war entkommen.

„Wir müssen sie finden", sagte Markus. „Sie kennt unsere Geheimnisse und kann uns immer noch Schaden zufügen."

„Wir werden sie finden", versprach die Königin. „Aber jetzt müssen wir uns heilen und wieder aufbauen."

Die Bewohner von Atlantis feierten ihren Sieg, aber sie wussten, dass sie wachsam bleiben mussten. Der Verrat hatte tiefe Wunden hinterlassen, und es war unsicher, was die Zukunft bringen würde.

- angegriffen - attacked
- Artefakte - artifacts
- besiegt - defeated
- entkommen - escaped
- enthüllte - revealed
- fischte - fished
- gefangen genommen - captured
- geheimen Höhle - secret cave
- heimlich - secretly
- schmiedete - forged/plotted
- Vorwürfen - accusations
- Widerstand - resistance
- Wunden - wounds

7. Auf der Suche nach dem Verräter

„Wir müssen Lysa finden", sagte Markus entschlossen. „Sie kennt unsere Schwächen und kann gegen uns arbeiten."

Die Königin stimmte zu und eine Gruppe von mutigen Atlanteanerinnen wurde zusammengestellt, angeführt von Markus, Hylara und Sylla. Sie begannen ihre Suche in den dunklen Tiefen des Meeres, weit entfernt von Atlantis.

Während sie durch die unerforschten Teile des Ozeans schwammen, entdeckten sie eine versteckte Stadt. Es war nicht Atlantis, es war anders, älter. „Das ist Meranis", flüsterte eine Atlanteanerin, „eine Stadt, die Atlantis immer feindlich gesinnt war."

In Meranis bemerkten sie, dass Lysa mit den Einwohnern sprach. Sie schien eine Allianz mit ihnen geschmiedet zu haben.

„Was sollen wir tun?", fragte Hylara leise.

„Wir müssen vorsichtig sein", antwortete Sylla.

Bevor sie jedoch handeln konnten, wurden sie von den Wachen von Meranis entdeckt und gefangen genommen. Sie wurden in eine dunkle Zelle geworfen.

In der Zelle versuchten sie, einen Fluchtplan zu schmieden. Sylla erinnerte sich an einen alten Zauberspruch, der ihnen helfen könnte.

„Wir müssen zusammenarbeiten", sagte Markus.

Mit vereinten Kräften begannen sie, den Zauberspruch zu murmeln. Langsam begann die Zellentür zu schwingen. Sie schlichen sich hinaus und kämpften gegen die Wachen. Mit ihrer Magie und Geschicklichkeit gelang es ihnen, die Wachen zu besiegen und aus Meranis zu fliehen.

Während ihrer Flucht trafen sie auf Lysa. Sie sah erschrocken aus und versuchte wegzulaufen, aber Hylara hielt sie auf.

„Warum?", fragte Hylara mit Tränen in den Augen.

„Ich dachte, es wäre das Beste für Atlantis", antwortete Lysa, „Aber ich habe einen Fehler gemacht."

Sie kehrten nach Atlantis zurück, wissend, dass noch viele Herausforderungen vor ihnen lagen.

- Allianz - alliance
- entfernt - distant/far away
- erschrocken - startled/shocked

- feindlich gesinnt - hostile
- Fluchtplan - escape plan
- geschmiedet - forged
- murmeln - murmur
- schwingen - swing
- Tränen - tears
- unerforschten - unexplored
- Wachen - guards
- Zauberspruch - magic spell
- Zelle - cell

8. Die Schlacht

„Die Nachricht ist klar, Meranis will Atlantis angreifen", sagte eine Botin, als sie in den Ratssaal von Atlantis eilte. Alle im Raum tauschten besorgte Blicke aus.

Die Königin stand auf. „Wir müssen uns vorbereiten. Es wird kein einfacher Kampf sein."

Hylara und Sylla sahen sich an, ihre Sorge um ihre Kinder und ihre Stadt war in ihren Augen klar erkennbar.

Markus trat vor. „Ich kenne die Taktiken der Menschen. Lassen Sie mich helfen."

„Wir werden jede Hilfe gebrauchen können", antwortete die Königin.

Die Vorbereitungen begannen sofort. Während die Kriegerinnen ihre Waffen schärften und Barrieren bauten, nutzten die Magierinnen ihre Kräfte, um schützende Schilde über Atlantis zu ziehen.

Der Tag der Schlacht kam schnell. Die Wasser um Atlantis wurden dunkel, als die Armeen von Meranis sich näherten.

„Für Atlantis!", rief Hylara, als sie in den Kampf stürmte. Sylla war direkt neben ihr, ihre Waffen blitzten im Licht der Zauber.

Die Schlacht war heftig. Überall gab es Kämpfe, Explosionen und Magie. Viele fielen, sowohl von Atlantis als auch von Meranis.

Doch die Einheit und der Mut von Atlantis zeigten sich. Mit Markus' Führung und den Kräften von Hylara, Sylla und vielen anderen gelang es ihnen, die Feinde zurückzudrängen.

Als die letzten Feinde flohen, war der Sieg klar. Doch der Preis war hoch. Viele Atlanteanerinnen lagen verletzt oder waren gefallen.

„Wir haben gewonnen", sagte Sylla mit Tränen in den Augen. „Aber zu welchem Preis?"

Hylara umarmte sie. „Wir werden die verlorenen ehren und Atlantis wird weiterleben."

Der Verräter wurde vor die Königin gebracht. Mit einem ernsten Blick verbannte sie ihn. „Du darfst nie wieder nach Atlantis zurückkehren."

Die Stadt feierte den Sieg, aber es war auch eine Zeit der Trauer für die, die sie verloren hatten.

- angreifen - attack
- Armeen - armies
- Barrieren - barriers
- besorgte - concerned
- Botin - messenger
- ehren - honor
- floh - fled (past tense of "fliehen")
- Kriegerinnen - female warriors
- Magierinnen - female magicians
- schärften - sharpened
- Schilde - shields
- Taktiken - tactics
- Trauer - mourning/grief
- verbannte - banished
- Verräter - traitor

- weiterleben - continue to live/survive

9. Wiederaufbau

Nach der großen Schlacht lag Atlantis in Trümmern. Überall in der Stadt gab es Zeichen der Zerstörung. Aber trotz des Schmerzes und der Trauer, die viele fühlten, gab es auch einen starken Geist der Entschlossenheit.

„Wir müssen zusammenarbeiten", sagte Hylara, als sie mit anderen Atlanteanerinnen die Schäden begutachtete.

„Ja, unsere Stadt ist stark. Wir werden wieder aufbauen", antwortete Sylla entschlossen.

Während die Frauen Pläne machten und begannen, die Trümmer wegzuräumen, trat Markus vor. „Ich habe in der Menschenwelt Technologie und Wissen, das helfen kann. Lassen Sie mich helfen."

Die Atlanteanerinnen waren zunächst unsicher, aber sie sahen schnell die Vorteile von Markus' Technologie. Mit seiner Hilfe konnten sie Gebäude schneller und sicherer wieder aufbauen.

Tage wurden zu Wochen und Wochen zu Monaten. Atlantis begann, seine alte Form zurückzugewinnen. Überall in der Stadt gab es Zeichen des Fortschritts.

Inmitten all dieser Aktivität wuchsen die Kinder von Hylara und Sylla heran. Sie waren neugierig und intelligent und zeigten großes Potenzial.

„Sie werden eines Tages großartige Anführerinnen sein", sagte eine ältere Atlanteanerin, als sie die Kinder beobachtete.

Als die Stadt wieder aufgebaut war, dachte Markus über seine Zukunft nach. Er vermisste seine Welt, aber er hatte in Atlantis so viel gefunden. „Ich habe hier eine Familie", sagte er zu Hylara und Sylla. „Ich denke, ich werde bleiben."

Die beiden Frauen lächelten. „Wir sind froh, dich hier zu haben", antworteten sie.

Atlantis war wieder stark, nicht nur wegen der Gebäude und der Technologie, sondern wegen der Gemeinschaft und der Liebe, die alle teilten. Markus hatte eine neue Heimat gefunden und die Zukunft schien für alle in Atlantis hell.

- Anführerinnen - female leaders
- begutachtete - surveyed/assessed
- Entschlossenheit - determination
- Fortschritt - progress
- Gemeinschaft - community
- heran - growing up, maturing
- neugierig - curious
- Technologie - technology
- Trümmer - debris, rubble
- Trümmern - ruins
- wieder aufbauen - rebuild
- wiederaufbauen - rebuild (another variant)
- Zerstörung - destruction

10. Ein neues Zeitalter

Jahre waren seit der großen Schlacht und dem Wiederaufbau von Atlantis vergangen. Die Stadt glänzte heller und schöner als je zuvor. Straßen waren belebt, die Märkte pulsierten mit Aktivität und überall gab es Zeichen des Wohlstands.

Die Kinder von Hylara und Sylla, einst kleine Babys, waren jetzt starke und kluge Erwachsene. Mit der Führung und Weisheit, die sie von ihren Müttern und Markus gelernt hatten, führten sie Atlantis in ein neues Zeitalter des Friedens und der Harmonie.

„Sieh nur, wie weit wir gekommen sind", sagte Hylara mit einem Lächeln zu Sylla, als sie die belebten Straßen von Atlantis beobachteten.

„Ja", stimmte Sylla zu. „Es ist erstaunlich, was wir zusammen erreicht haben."

Markus hatte in den Jahren viele Veränderungen in Atlantis eingeführt. Er hatte Technologien und Ideen aus der Menschenwelt gebracht. Aber er hatte auch viel von den Atlanteanerinnen gelernt. Ihre Kultur, ihre Werte und ihre Art zu leben.

„Ich kann nicht glauben, dass es schon so viele Jahre her ist", sagte Markus zu Hylara und Sylla. „Ich habe hier so viel gelernt. Ihr habt mir so viel gegeben."

Um die Errungenschaften von Markus zu ehren und seine Beiträge zu Atlantis zu feiern, wurde ein großes Fest organisiert. Die ganze Stadt kam zusammen, es gab Musik, Tanz, und Lachen.

„Für Markus!", riefen die Atlanteanerinnen und erhoben ihre Gläser.

„Für Atlantis!", antwortete Markus mit einem Lächeln.

Während das Fest in vollem Gange war und alle glücklich feierten, war jedoch nicht alles ruhig. Tief im Meer, weit weg von Atlantis, gab es Bewegungen. Eine neue Gefahr näherte sich der Stadt.

In den dunklen Tiefen des Ozeans sammelte sich eine Armee. Eine Armee, die von der Pracht und Macht von Atlantis gehört hatte und sie für sich beanspruchen wollte.

Während die Bewohner von Atlantis feierten und lachten, war die Frage, ob sie bereit wären, sich dieser neuen Bedrohung zu stellen, wenn die Zeit gekommen war. Es war ungewiss, was die Zukunft bringen würde, aber eines war sicher: Atlantis würde sich jeder Herausforderung stellen, die auf ihrem Weg kam.

- belebt - lively, busy
- Bewegungen - movements
- Errungenschaften - achievements
- Führung - leadership
- Harmonie - harmony
- Märkte - markets
- pulsierten - pulsed

- Wohlstand - prosperity
- Zeitalter - age, era
- Beanspruchen - to claim
- erhoben - raised (in the context of raising glasses)
- erstaunlich - amazing
- Pracht - splendor

11. Die dunklen Tiefen

Am Rande von Atlantis, wo das Licht der Stadt die dunklen Tiefen des Ozeans nicht erreichen konnte, sammelte sich eine Gruppe von Meereskreaturen. Diese Kreaturen hatten von der Pracht und Macht von Atlantis gehört und wollten sie für sich beanspruchen.

In Atlantis wussten die Bewohnerinnen nichts von dieser drohenden Gefahr. Sie waren beschäftigt mit ihrem täglichen Leben und den Vorbereitungen für ein weiteres Fest.

Hylara traf sich mit Sylla in einem der vielen wunderschönen Gärten von Atlantis. „Das Fest letzte Nacht war wunderbar", sagte Hylara. „Ja", stimmte Sylla zu, „es war wirklich schön."

Während sie sprachen, näherte sich eine der Wachen hastig. „Entschuldigung", sagte sie, „aber die Königin möchte euch sofort sehen."

Hylara und Sylla sahen sich an und folgten der Wache zum Palast. Die Königin wartete bereits auf sie. „Es gibt eine Bedrohung", begann sie. „Eine Gruppe von Meereskreaturen plant, Atlantis anzugreifen."

Die beiden Frauen waren schockiert. „Was können wir tun?", fragte Hylara.

„Wir müssen uns vorbereiten", antwortete die Königin. „Markus hat uns in der Vergangenheit geholfen. Vielleicht kann er auch jetzt einen Rat geben."

Hylara und Sylla gingen zu Markus, der in einem der Tempel meditierte. „Markus", rief Sylla, „wir brauchen deine Hilfe."

Markus sah auf. „Was ist passiert?“, fragte er.

„Eine Gruppe von Meereskreaturen plant einen Angriff auf Atlantis“, erklärte Hylara.

Markus dachte nach. „Wir müssen uns verteidigen“, sagte er. „Aber wir sollten auch versuchen, mit ihnen zu sprechen. Vielleicht können wir einen Krieg vermeiden.“

Die Vorbereitungen begannen sofort. Die Frauen von Atlantis trainierten und stellten Waffen her. Markus half, indem er Fallen und Verteidigungsstrategien entwickelte.

Tage vergingen, und die Spannung in Atlantis wuchs. Schließlich kam der Tag des Angriffs. Die Meereskreaturen, angeführt von einer mächtigen Königin, näherten sich der Stadt.

Markus, Hylara, Sylla und viele andere standen bereit, die Stadt zu verteidigen. Aber bevor der Kampf begann, trat Markus vor und rief: „Halt! Wir wollen nicht kämpfen. Lasst uns sprechen.“

Die Meereskönigin sah ihn an. „Warum sollten wir mit dir sprechen?“, fragte sie.

„Weil wir beide das Gleiche wollen: Frieden“, antwortete Markus.

Die Königin zögerte, dann nickte sie. „Gut“, sagte sie, „wir werden sprechen.“

In den folgenden Stunden verhandelten sie. Es war nicht einfach, aber schließlich kamen sie zu einer Einigung: Die Meereskreaturen würden Atlantis in Frieden lassen, und im Gegenzug würde Atlantis ihnen helfen, ihre eigene Stadt zu bauen.

Die Bewohnerinnen von Atlantis feierten diesen Sieg des Friedens. Markus, Hylara und Sylla wurden als Helden gefeiert. Und während die Stadt feierte, wussten alle, dass es nur durch Verständigung und Zusammenarbeit möglich war, einen Krieg zu vermeiden.

- Angriff - attack
- Bewohnerinnen - female inhabitants

- Bedrohung - threat
- beschäftigt - occupied, busy
- drohenden - looming, impending
- Entschuldigung - excuse (in this context it means "excuse me")
- Fest - festival, celebration
- Gärten - gardens
- Gefahr - danger
- meditierte - meditated
- Meereskönigin - sea queen
- Meereskreaturen - sea creatures
- Rande - edge
- Tempel - temple
- Vergangenheit - past
- Verteidigungsstrategien - defense strategies
- verhandelten - negotiated
- wunderschönen - beautiful

Neue Gefahren

1. Fernweh

Hylara und Sylla saßen auf einem großen Felsen in Atlantis und blickten in die Weite des Ozeans. Die glitzernden Lichter ihrer Unterwasserstadt funkelten in der Dunkelheit, doch die beiden fühlten sich unruhig.

„Ich habe das Gefühl, dass da draußen noch so viel mehr ist, das wir noch nicht entdeckt haben", sagte Hylara und spielte mit einer Perle in ihrer Hand.

Sylla seufzte. „Ich auch. Atlantis ist unser Zuhause, aber manchmal fühle ich mich so... eingeschlossen. Ich möchte Abenteuer erleben."

Hylara lächelte. „Vielleicht sollten wir einfach gehen. Die Grenzen von Atlantis verlassen und sehen, was die Welt da draußen für uns bereithält."

Die Idee klang verlockend. „Glaubst du, wir könnten das wirklich tun?", fragte Sylla hoffnungsvoll.

Hylara nickte entschlossen. „Ja. Wir bereiten uns vor und packen unsere Sachen. Morgen beginnt unser Abenteuer."

Die Nachricht von ihrer geplanten Reise verbreitete sich schnell in Atlantis. Viele ihrer Freunde und Familienmitglieder kamen, um sich von ihnen zu verabschieden. Es gab gemischte Gefühle: Einige waren begeistert und beneideten sie um ihr Abenteuer, andere waren besorgt.

„Seid vorsichtig", warnte ihre alte Lehrerin. „Die menschliche Welt kann gefährlich sein, besonders für uns Atlanteanerinnen."

Hylara und Sylla dankten ihr und versprachen, vorsichtig zu sein. Mit schweren Herzen, aber voller Aufregung, verließen sie Atlantis und schwammen Richtung Karibik.

Unterwegs begegneten sie vielen wunderschönen Meeresbewohnern: farbenfrohen Fischen, eleganten Rochen und neugierigen Delphinen. Sie spielten und schwammen mit ihnen, genossen ihre Freiheit.

Doch je näher sie der Karibik kamen, desto vorsichtiger wurden sie. Sie spürten die Anwesenheit von Menschen. Die beiden tauchten tiefer, um nicht entdeckt zu werden. Aber dann sahen sie etwas, das ihre Aufmerksamkeit erregte: Ein großes Schiff mit einer schwarzen Flagge. Piraten.

„Was sollen wir tun?", flüsterte Sylla besorgt.

Hylara überlegte. „Wir beobachten sie. Aber wir müssen vorsichtig sein."

Die beiden näherten sich dem Schiff, versteckt in den Schatten des Ozeans, und warteten ab, was als Nächstes passieren würde.

- begeistert - enthusiastic, excited
- beneideten - envied
- besorgt - worried, concerned
- beobachten - observe, watch
- entdeckt - discovered
- Felsen - rock
- Fernweh - wanderlust, longing for far-off places
- flüsterte - whispered
- Fische - fish
- gespürten - felt, sensed
- Karibik - Caribbean
- Lehrerin - female teacher
- Perle - pearl
- Piraten - pirates
- Rochen - rays (marine animals)
- seufzte - sighed
- verabschieden - to say goodbye
- verbreitete - spread
- verlassen - leave
- verlockend - tempting
- Weite - expanse, vastness

2. Die Piraten

Das Meer glitzerte im Sonnenlicht, als Hylara und Sylla vorsichtig näher an das Piratenschiff heranschwammen. Sie hörten laute Stimmen und das Klirren von Schwertern. Die beiden tauchten tief und kamen nahe an das Schiff, ohne bemerkt zu werden.

„Schau mal, sie sehen so anders aus", flüsterte Sylla und deutete auf die grob gekleideten Männer auf dem Schiff. „Und sie sprechen von einem Schatz!"

Hylara legte einen Finger auf ihre Lippen und signalisierte Sylla, leise zu sein. Beide lauschten den Gesprächen der Piraten. „Der Schatz liegt auf einer Insel im Westen", sagte einer. „Wenn wir ihn finden, sind wir reich!"

Das weckte natürlich das Interesse der beiden Frauen. Ein Schatz in ihrer Nähe? Das wäre ein echtes Abenteuer!

„Hör zu", flüsterte Hylara. „Wir sollten ihnen folgen und herausfinden, wo dieser Schatz ist."

Doch während sie ihre Pläne schmiedeten, passierte das Unerwartete. Ein Pirat, der auf der Suche nach frischer Luft war, blickte über die Reling und entdeckte die beiden Frauen. „Da sind sie! Meerjungfrauen!", rief er.

Panik brach aus. Die Piraten waren abergläubisch und glaubten, dass Meerjungfrauen Unglück brachten. Einige zogen ihre Schwerter, andere schossen mit Pistolen ins Wasser.

Hylara und Sylla wussten, dass sie in Gefahr waren. Aber sie waren nicht wehrlos. Mit einer schnellen Bewegung ihrer Hände beschworen sie eine große Welle, die das Schiff erschütterte.

Die Piraten stolperten und fielen, und in diesem Chaos nutzten die beiden Frauen die Gelegenheit, um zu entkommen. Sie tauchten tief und schwammen schnell weg.

„Sylla, das war zu gefährlich!", keuchte Hylara, als sie in sicherer Entfernung waren.

„Ja, aber es war auch aufregend", lachte Sylla. „Und denk an den Schatz. Wir könnten ihn finden!"

Hylara nickte. „Ja, aber wir müssen vorsichtig sein. Die Piraten werden jetzt überall nach uns suchen."

Die beiden Frauen beschlossen, die Piraten aus sicherer Entfernung zu beobachten. Sie wollten herausfinden, wo der Schatz versteckt war und ob sie ihn vor den Piraten finden könnten.

- abergläubisch - superstitious
- beschworen - conjured
- entfernung - distance
- erschütterte - shook, rocked
- Gesprächen - conversations
- heranschwammen - swam closer/approached
- keuchte - gasped
- Klirren - clanging, jingling
- Meerjungfrauen - mermaids
- Panik - panic
- Pistolen - pistols
- Reling - railing (of a ship)
- Reich - rich, wealthy
- Schatz - treasure
- signalisierte - signaled
- stolperten - stumbled
- Unerwartete - unexpected (noun form)
- wehrlos - defenseless
- Welle - wave

3. Die Schatzkarte

Während die Atlanteanerinnen sich von ihrem Beinahe-Zusammenstoß mit den Piraten erholten, fanden sie in einer kleinen Felsspalte eine alte, verwitterte Karte. Es war ein Zufall, aber ein glücklicher Zufall.

„Schau mal, Hylara, was ich gefunden habe!“, rief Sylla aufgeregt und breitete die Karte vor ihnen aus. Das Papier war brüchig, aber man konnte eine Insel und ein großes, rotes X darauf sehen.

„Das muss der Schatz sein!“, sagte Hylara erstaunt. „Wir sollten dorthin gehen!“

Die Reise zur Insel war nicht einfach. Sie mussten tückische Strömungen und gefährliche Meeresbewohner überwinden. Aber sie trafen auch auf freundliche Delfine und Schildkröten, die ihnen den Weg wiesen.

Endlich erreichten sie die Insel. Sie war von dichtem Dschungel bedeckt, und in der Mitte ragte ein großer Berg auf. Das X auf der Karte deutete auf eine Stelle am Fuße des Berges.

„Wie sollen wir dorthin kommen?“, fragte Sylla, als sie die dichte Vegetation sah.

Hylara zuckte mit den Schultern. „Einen Schritt nach dem anderen.“

Während sie sich durch den Dschungel kämpften, entdeckten sie wunderschöne Wasserfälle, geheime Höhlen und Pfade, die von früheren Besuchern hinterlassen wurden.

Aber sie waren nicht die einzigen, die nach dem Schatz suchten. Als sie näher am Berg waren, hörten sie Stimmen.

„Die Karte sagt, dass der Schatz hier ist“, sagte eine raue Stimme.

„Sei ruhig!“, warnte eine andere. „Wir wollen nicht, dass jemand uns hört.“

Hylara und Sylla versteckten sich hinter einem Baum und spähten vorsichtig hervor. Sie sahen eine Gruppe von Männern mit schweren Taschen und Werkzeugen.

„Das sind Drogenschmuggler!“, flüsterte Hylara. „Wir müssen vorsichtig sein.“

Sylla nickte. „Aber wir müssen auch diesen Schatz finden.“

Die beiden Frauen warteten, bis die Drogenschmuggler weitergezogen waren, und folgten dann heimlich. Sie hofften, dass die Männer sie zum Schatz führen würden.

Die Spannung wuchs mit jedem Schritt. Was würden sie finden? Und könnten sie den Drogenschmugglern entkommen?

- Beinahe-Zusammenstoß - near collision
- breitete - spread out
- brüchig - fragile, brittle
- Delfine - dolphins
- Drogenschmuggler - drug smugglers
- Dschungel - jungle
- erholten - recovered
- erstaunt - astonished
- Felsspalte - rock crevice
- führt - lead
- geheime - secret
- Höhlen - caves
- Pfade - paths
- raue - rough
- Schildkröten - turtles
- spähten - peeped
- Strömungen - currents
- tückische - treacherous
- Vegetation - vegetation
- verwitterte - weathered
- Wasserfälle - waterfalls
- Werkzeugen - tools

4. Gefährliche Begegnungen

Die blauen Wellen des Ozeans glitzerten im Sonnenlicht, während Hylara und Sylla durch die Korallenriffe der Karibik schwammen. Sie kamen der Insel, die auf ihrer Schatzkarte markiert war, immer näher.

Plötzlich hörten sie Stimmen und Motorgeräusche. Hinter einem großen Felsen versteckt, sahen sie ein Boot mit dunklen Gestalten - die Drogenschmuggler.

„Wir müssen vorsichtig sein", flüsterte Hylara.

„Ich habe gehört, dass diese Menschen gefährlich sind", antwortete Sylla besorgt.

Die beiden Atlanteanerinnen beschlossen, eine Weile zu warten, bis die Küste klar war. Aber gerade als sie dachten, dass es sicher war, hörten sie Schritte. Sie versteckten sich schnell hinter den Felsen.

Ein junger Mann mit einem Kopftuch und einem Säbel an seiner Seite näherte sich dem Versteck. Es war Carlos, ein junger Pirat. Er sah die beiden und legte einen Finger auf seine Lippen, ein Zeichen, dass sie still sein sollten.

„Warum hilfst du uns?", flüsterte Hylara, als die Schmuggler weitergezogen waren.

Carlos antwortete: „Ich mag diese Schmuggler nicht. Sie sind schlecht für meine Geschäfte und schlecht für diese Insel."

Sylla sah ihn misstrauisch an. „Warum sollten wir dir vertrauen?"

Carlos lächelte. „Weil ich auch nach dem Schatz suche. Wir können uns gegenseitig helfen."

Die drei verbündeten sich und begannen ihre Suche. Carlos kannte viele geheime Wege und Höhlen auf der Insel. Sie fanden Hinweise, die sie immer näher zum Schatz führten.

Während ihrer Reise erzählte Carlos den beiden Frauen von den Legenden der Insel und den vielen Schatzsuchern, die ihr Glück versucht hatten.

Eines Tages, als sie durch einen dichten Dschungel gingen, hörten sie Stimmen. Es waren die Drogenschmuggler, und sie kamen näher.

„Wir müssen uns verstecken!", sagte Sylla panisch.

Carlos zog sie in eine kleine Höhle. „Hier sind wir sicher", flüsterte er.

Sie warteten, bis die Stimmen verstummten. Die Gefahr war noch nicht vorbei.

„Dank dir, Carlos", sagte Hylara leise. „Ohne dich wären wir jetzt in großen Schwierigkeiten."

Carlos lächelte. „Wir sind ein Team. Zusammen werden wir den Schatz finden und diese Schmuggler stoppen."

Die drei setzten ihre Reise fort, wachsam und bereit, den Gefahren, die vor ihnen lagen, zu begegnen.

- Begegnungen - encounters
- dichten - dense/thick
- Geschäfte - business
- Hinweise - clues/hints
- Kopftuch - headscarf
- Korallenriffe - coral reefs
- Legenden - legends
- misstrauisch - suspicious
- Motorgeräusche - engine noises
- näherte - approached
- Säbel - saber
- Schatzsuchern - treasure hunters
- Schritte - footsteps
- Schwierigkeiten - difficulties
- verstummten - fell silent
- Verbündeten - allies
- wachsam - vigilant
- Wege - paths

5. Der Schatz

Nach vielen Tagen des Suchens und Kämpfens waren Hylara, Sylla und Carlos endlich am Ziel. Sie standen vor dem Eingang einer geheimen Höhle, die tief in der Insel verborgen war.

„Das muss es sein!“, sagte Hylara aufgeregt. Mit Taschenlampen in den Händen betraten sie die Dunkelheit der Höhle.

Das Innere war atemberaubend. Überall glitzerten Edelsteine und Goldmünzen im Licht ihrer Lampen. „Wir haben den Schatz gefunden!“, rief Sylla aus.

Sie alle waren erfüllt von Freude und Erstaunen. Doch diese Freude dauerte nicht lange. Hinter ihnen hörten sie Schritte und Stimmen. Die Drogenschmuggler hatten sie gefunden.

Schnell versteckten sie sich hinter großen Felsen in der Höhle. „Was sollen wir tun?“, flüsterte Sylla.

Carlos sah sich um. „Wir müssen kämpfen. Es gibt keinen anderen Weg.“

Der Kampf begann. Mit Mut und Geschicklichkeit verteidigten sie den Schatz. Carlos kämpfte mit seinem Säbel, während Hylara und Sylla ihre magischen Kräfte nutzten, um die Schmuggler zu besiegen.

Nach einer langen und anstrengenden Schlacht waren die Schmuggler endlich besiegt. Erschöpft, aber erleichtert, sahen sich die drei Freunde an.

Carlos ging zu einem der Goldhaufen. „Dieser Schatz sollte den armen Dörfern dieser Insel gehören“, sagte er nachdenklich.

Hylara und Sylla waren überrascht. „Wirklich?“, fragte Hylara.

Carlos nickte. „Ja. Es ist das Richtige.“

Nachdem sie den Schatz in Sicherheit gebracht hatten, verabschiedeten sich Hylara und Sylla von Carlos. „Vielen Dank für alles“, sagte Sylla und umarmte ihn.

„Kein Problem", antwortete Carlos lächelnd. „Passt auf euch auf."

Mit einem letzten Blick auf die Insel schwammen Hylara und Sylla zurück nach Atlantis.

- anstrengenden - exhausting
- atemberaubend - breathtaking
- besiegen - to defeat
- betreten - to enter
- Dörfern - villages
- Eingang - entrance
- erfüllt - filled
- erleichtert - relieved
- Erstaunen - astonishment
- gebracht - brought
- Goldhaufen - pile of gold
- Kämpfens - fighting
- nachdenklich - thoughtful
- Sicherheit - safety/security
- Taschenlampen - flashlights
- umarmte - hugged
- Ziel - goal

6. Der Hurrikan

Die Sonne schien hell und das Wasser war ruhig, als Hylara und Sylla ihre Rückreise nach Atlantis begannen. Doch wie das Meer oft ist, war es trügerisch ruhig.

Nach einigen Stunden bemerkten die beiden eine Veränderung in der Umgebung. Der Himmel wurde dunkler und die Wellen begannen, größer zu werden.

„Sylla, siehst du das?", fragte Hylara besorgt, auf die dunklen Wolken deutend.

„Ja, das sieht nicht gut aus", antwortete Sylla.

Sie versuchten, schneller zu schwimmen, aber es wurde immer schwieriger. Bald befanden sie sich mitten in einem gewaltigen Sturm.

„Das ist ein Hurrikan!", rief Hylara. „Wir müssen Schutz suchen!"

Sylla nickte. „Da ist eine Höhle! Schnell!"

Die beiden schwammen so schnell sie konnten zur Höhle. Die Strömungen waren stark, und es war ein Kampf gegen die Naturgewalten. Aber schließlich erreichten sie die Höhle und fanden Schutz.

In der Dunkelheit der Höhle atmeten sie schwer. Das Geräusch des tobenden Meeres draußen war ohrenbetäubend.

„Sylla, geht es dir gut?", fragte Hylara besorgt.

„Ich bin okay", antwortete Sylla. „Aber was machen wir jetzt?"

„Wir müssen warten, bis der Sturm vorbei ist", sagte Hylara. „Es ist zu gefährlich draußen."

Die beiden setzten sich und umarmten sich. Stunden vergingen. Sie sprachen wenig, hörten nur dem Sturm zu und hofften, dass er bald vorbei sein würde.

Schließlich, nach was wie eine Ewigkeit schien, beruhigte sich der Sturm.

„Ich denke, es ist vorbei", sagte Sylla erleichtert.

„Ja, aber wir sind weit weg von Atlantis", sagte Hylara. „Und ich weiß nicht, in welche Richtung wir schwimmen sollen."

„Wir müssen einen Weg finden", sagte Sylla entschlossen. „Wir können nicht hier bleiben."

Die beiden verließen die Höhle und sahen sich die Zerstörung an, die der Hurrikan hinterlassen hatte. Es war ein trauriger Anblick, aber sie wussten, dass sie weitermachen mussten.

Sie schwammen stundenlang, immer auf der Suche nach einem Anzeichen von Atlantis. Es war eine schwierige Reise, voller Unsicherheit und Angst.

Doch schließlich, nach vielen Tagen des Suchens, sahen sie in der Ferne die leuchtenden Lichter von Atlantis.

„Wir haben es geschafft!", rief Hylara glücklich.

„Ja", sagte Sylla lächelnd. „Wir sind zu Hause."

Die beiden schwammen auf Atlantis zu, dankbar für ihre sichere Rückkehr und bereit für das nächste Abenteuer.

- atmeten - breathed
- beruhigte - calmed down
- besorgt - concerned/worried
- deutend - pointing
- Ewigkeit - eternity
- gewaltigen - massive/mighty
- Geräusch - noise/sound
- Himmel - sky
- Höhle - cave
- Hurrikan - hurricane
- Naturgewalten - forces of nature
- ohrenbetäubend - deafening
- Schutz - protection/shelter
- Strömungen - currents
- tobenden - raging
- trügerisch - deceptive
- Umgebung - surroundings/environment
- vergingen - passed (as in time)
- Zerstörung - destruction

Alltag in Atlantis

1. Das merkwürdige Rezept

In der Mitte von Atlantis, in einem gemütlichen Haus, fand Hylara beim Stöbern ein altes, staubiges Kochbuch ihrer Großmutter. Neugierig schlug sie es auf. „Schau mal, Sylla! Das war das Kochbuch von Oma Lysa!" rief sie aufgeregt.

Sylla, die gerade eine Tasse Tee trank, sah zu Hylara auf und lächelte. „Das sieht wirklich alt aus! Was steht drin?"

Hylara blätterte durch die Seiten und stieß auf ein besonders interessantes Rezept: „Suppe aus lachenden Algen". „Das klingt... seltsam", meinte sie grinsend.

Sylla lachte. „Lachende Algen? Das habe ich noch nie gehört. Bist du sicher, dass das eine gute Idee ist?"

Hylara zuckte mit den Schultern. „Warum nicht? Es könnte Spaß machen, es auszuprobieren!"

Die beiden Freundinnen machten sich auf den Weg, die Zutaten für das Rezept zu sammeln. Doch die „lachenden Algen" waren nirgends zu finden. Also beschlossen sie, einige der älteren Atlanteanerinnen zu fragen.

Frau Mera, eine alte Dame mit silbernem Haar, kicherte, als sie von den lachenden Algen hörte. „Oh, das ist eine alte Legende! Die Algen lachen nur bei Vollmond. Ihr müsst in die Tiefe des Meeres gehen, um sie zu finden."

Mit dieser komischen Information gingen Hylara und Sylla tiefer ins Meer. Und tatsächlich, bei Vollmond hörten sie ein leises Kichern. Sie folgten dem Geräusch und fanden eine Stelle, an der die Algen vor Freude zu lachen schienen.

Nachdem sie alle Zutaten gesammelt hatten, begannen sie mit dem Kochen. Das Haus füllte sich mit einem seltsamen, aber angenehmen Geruch.

Als die Suppe fertig war, sahen sich die beiden unsicher an. „Sollten wir wirklich...?" begann Sylla, aber Hylara löffelte mutig die Suppe in ihre Schüssel.

„Na dann, guten Appetit!" sagte Hylara und beide probierten die Suppe.

Ein Moment der Stille folgte, dann verzogen beide das Gesicht. „Das schmeckt... sehr ungewöhnlich", sagte Sylla und versuchte, nicht zu lachen.

Hylara nickte zustimmend. „Vielleicht sollten wir doch bei Omas traditionellen Rezepten bleiben."

Die beiden lachten über das misslungene Experiment und genossen den Rest des Abends, indem sie alte Geschichten austauschten und sich an die lustigen Abenteuer ihrer Großmutter erinnerten.

- austauschten - exchanged
- begannen - began
- blätterte - flipped through
- erinnerten - remembered
- geschichten - stories
- kicherte - giggled
- Kochbuch - cookbook
- Legende - legend
- löffelte - ladled/scooped
- merkwürdige - strange
- misslungene - failed
- probieren - to try/taste
- Rezept - recipe
- Schüssel - bowl
- seltsam - strange/odd
- Stöbern - rummage
- Tasse - cup
- Tiefe - depth
- traditionellen - traditional
- ungewöhnlich - unusual
- Vollmond - full moon
- Zutaten - ingredients

2. Der verrückte Tanzwettbewerb

Es war ein sonniger Tag in Atlantis. Die ganze Stadt war in Aufregung. Überall hingen bunte Plakate, auf denen stand: „Tanzwettbewerb in Atlantis! Zeigt eure besten Moves!“

Hylara sah eines der Plakate und ihre Augen leuchteten. „Sylla! Sieh dir das an! Wir sollten mitmachen!“, rief sie aufgeregt.

Sylla sah das Plakat und zögerte. „Ich weiß nicht... Ich meine, wir tanzen gerne, aber in einem Wettbewerb?“

Hylara lachte. „Komm schon, es wird Spaß machen! Wir denken immer, dass wir gute Tänzerinnen sind. Jetzt können wir es beweisen!“

Nach einigem Zögern nickte Sylla. „Okay, wir machen mit. Aber nur zum Spaß!“

Die Vorbereitungen begannen. Hylara und Sylla übten jeden Tag. Ihr Tanzstil war jedoch alles andere als traditionell. Sie mischten verschiedene Tanzstile und fügten ihre eigenen, einzigartigen Bewegungen hinzu. Manchmal lachten sie so sehr über ihre eigenen verrückten Bewegungen, dass sie kaum atmen konnten.

Der Tag des Wettbewerbs kam. Viele Tänzerinnen aus ganz Atlantis kamen, um ihre Fähigkeiten zu zeigen. Als Hylara und Sylla die Bühne betraten, waren sie ein wenig nervös, aber auch aufgeregt.

Die Musik begann und die beiden starteten ihre Performance. Zuerst waren die Zuschauerinnen überrascht von ihrem ungewöhnlichen Tanzstil. Doch dann begannen sie zu lachen und zu klatschen. Hylara und Sylla machten die verrücktesten Bewegungen und Sprünge, die man sich vorstellen konnte. Es war, als hätten sie die Schwerkraft vergessen.

Andere Tänzerinnen, die nach ihnen kamen, versuchten, einige ihrer Bewegungen zu kopieren, aber es war nicht dasselbe. Hylara und Sylla waren die Stars der Show.

Am Ende des Wettbewerbs wurden die Gewinnerinnen bekannt gegeben. Hylara und Sylla gewannen zwar nicht den ersten Platz, aber sie bekamen den Sonderpreis für die originellste Performance.

„Das war unglaublich!", sagte Sylla, als sie die Bühne verließen. „Ich habe noch nie so viel Spaß beim Tanzen gehabt."

Hylara lächelte. „Wir waren vielleicht nicht die besten, aber wir waren definitiv die lustigsten!"

Die beiden Freundinnen gingen mit einem Lächeln nach Hause. Sie waren zwar nicht die Siegerinnen des Wettbewerbs, aber sie hatten die Herzen aller gewonnen. Und so beschlossen sie, ihre eigene Tanzgruppe zu gründen, um ihre Freude am Tanzen mit allen zu teilen.

- aufgeregt - excited
- atmen - to breathe
- Aufregung - excitement
- bekannt gegeben - announced
- beweisen - to prove
- Bewegungen - movements
- Bühne - stage
- Fähigkeiten - skills
- Gewinnerinnen - winners (feminine form)
- herzen - hearts
- klatschen - to clap
- nervös - nervous
- Performance - performance (it's borrowed from English but might be hard due to its use in a German context)
- Plakate - posters
- Sonderpreis - special prize
- Sprünge - jumps
- Tanzgruppe - dance group
- Tanzstil - dance style
- Tanzwettbewerb - dance competition
- ungewöhnlichen - unusual

- vergessen - to forget
- Vorbereitungen - preparations
- zögerte - hesitated
- Zuschauerinnen - audience (feminine form)

3. Die singenden Fische

Es war ein ganz normaler Tag in Atlantis, als Hylara ein kleines Paket erhielt. Neugierig öffnete sie es und fand darin einen wunderschönen kleinen Fisch. Anbei war eine Notiz: „Ein besonderes Geschenk für eine besondere Freundin. Viel Spaß!"

Hylara war begeistert von ihrem neuen Haustier. „Oh, wie süß! Danke!", rief sie aus. Doch dann passierte etwas Unerwartetes: Der Fisch begann zu singen!

Zuerst waren Hylara und Sylla fasziniert. Ein singender Fisch war wirklich etwas Besonderes. Doch bald wurde ihnen klar, dass der Fisch nur ein Lied kannte. Und er sang es immer und immer wieder.

Das Lied war anfangs niedlich, aber nach einer Weile wurde es sehr nervig. Vor allem, weil der Fisch es zu jeder Tages- und Nachtzeit sang.

Sylla hielt sich die Ohren zu. „Ich kann das Lied nicht mehr hören!", seufzte sie. „Wir müssen etwas tun."

Die beiden Freundinnen versuchten alles Mögliche, um den Fisch zum Schweigen zu bringen. Sie gaben ihm Essen, legten ihn in die Dunkelheit, spielten andere Musik... aber nichts half. Der Fisch sang weiter und weiter.

Schließlich kam Sylla auf eine Idee. „Vielleicht will er einfach nur bei anderen Fischen sein", sagte sie. „Lass uns ihn in einem See freilassen."

Hylara war einverstanden und so brachten sie den singenden Fisch zu einem nahegelegenen See. Als sie ihn ins Wasser ließen, schwamm er glücklich davon.

Die beiden atmeten erleichtert auf. „Endlich Ruhe!", sagte Hylara und lachte.

Doch ihre Erleichterung war nur von kurzer Dauer. Denn bald begannen auch die anderen Fische im See das nervige Lied zu singen. Überall, wo sie hingingen, hörten sie das Lied. Es war, als hätte der singende Fisch alle anderen Fische angesteckt.

Hylara und Sylla sahen sich an und lachten. „Das haben wir nun davon!", sagte Hylara. „Jetzt hat ganz Atlantis einen Ohrwurm!"

Die beiden Freundinnen konnten nicht anders, als über die verrückte Situation zu lachen. Es war ein weiteres Abenteuer in ihrem aufregenden Leben in Atlantis. Und obwohl das Lied nervig war, waren sie froh, dass sie diese lustige Erfahrung zusammen gemacht hatten.

- anfangs - initially
- angesteckt - infected
- anbei - enclosed
- aufregenden - exciting
- besondere - special
- Dunkelheit - darkness
- Erleichterung - relief
- fasziniert - fascinated
- freilassen - to release
- Haustier - pet
- nervig - annoying
- niedlich - cute
- Notiz - note
- Ohrwurm - earworm (a song or melody that keeps repeating in one's mind)
- Paket - package
- Schweigen - silence
- Unerwartetes - unexpected thing/event
- Viel Spaß! - Have fun!
- wunderschönen - beautiful, wonderful

4. Die Modekatastrophe

Eines Tages hatte Sylla eine geniale Idee. „Ich will mein eigenes Kleid designen!", verkündete sie aufgeregt. Sie hatte genaue Vorstellungen: Es sollte einzigartig, auffällig und absolut anders sein als alles, was die Atlanteanerinnen bisher getragen hatten.

Hylara war skeptisch, als sie Syllas Entwürfe sah. „Bist du sicher, dass das gut aussieht?", fragte sie vorsichtig und sah sich die bunten Stoffe und seltsamen Muster an.

Sylla war jedoch fest entschlossen. „Das wird der neueste Trend in Atlantis!", rief sie und fing an zu nähen. Hylara konnte nur staunen. Es war erstaunlich, wie schnell Sylla arbeitete. Innerhalb weniger Stunden war das Kleid fertig.

Es war... interessant. Das Kleid war sehr bunt, mit vielen verschiedenen Mustern und Formen. Es sah aus, als ob ein Regenbogen explodiert wäre. Hylara war unsicher, was sie sagen sollte. „Es ist... sehr kreativ", sagte sie schließlich.

Sylla strahlte vor Stolz. „Ich werde es heute in der Stadt tragen!", erklärte sie. Hylara war sich nicht sicher, ob das eine gute Idee war, aber sie wollte ihre Freundin nicht entmutigen.

Als Sylla das Haus verließ, schauten alle sie an. Einige Atlanteanerinnen flüsterten und zeigten auf sie. Sylla spürte die Blicke, aber sie hielt den Kopf hoch und lief selbstbewusst weiter.

Zu Hylaras Überraschung kamen bald einige Atlanteanerinnen auf Sylla zu. „Wo hast du dieses Kleid gekauft?", fragten sie. „Es ist so einzigartig!"

Sylla lachte. „Ich habe es selbst gemacht!", erklärte sie stolz. Bald wollte jede Atlanteanerin so ein Kleid haben. Sylla begann, weitere Kleider zu nähen und wurde bald zur Modeikone von Atlantis.

Doch wie es in der Mode so ist, war Syllas Design bald nicht mehr in. Die Atlanteanerinnen fanden neue Trends und Styles. Sylla war ein wenig traurig, aber sie lachte auch über den kurzen Ruhm, den sie genossen hatte.

„Mode kommt und geht", sagte Hylara und umarmte ihre Freundin. „Aber echte Freundschaft bleibt immer in Mode."

Die beiden lachten und planten ihr nächstes Abenteuer in der wunderbaren Welt von Atlantis.

- auffällig - striking, conspicuous
- bunt - colorful
- designen - to design
- entmutigen - to discourage
- Entwürfe - drafts, designs
- erstaunlich - amazing, astonishing
- explodiert - exploded
- genaue - precise
- geniale - ingenious
- Modeikone - fashion icon
- Muster - pattern
- nähen - to sew
- Ruhm - fame
- selbstbewusst - self-confident
- skeptisch - skeptical
- Stoffe - fabrics
- Trend - trend
- tragen - to wear
- verkündete - announced
- Vorstellungen - ideas, notions

5. Der merkwürdige Besucher

Eines Morgens, als Hylara und Sylla durch die Straßen von Atlantis schlenderten, stießen sie auf eine merkwürdige Kreatur. Es war ein Seepferdchen, aber nicht irgendein Seepferdchen. Es war größer als die normalen Seepferdchen und es... konnte sprechen!

„Hallo!", rief das Seepferdchen und winkte mit einer kleinen Flosse. „Ich bin Sefi! Wo bin ich hier?"

Hylara und Sylla waren überrascht. „Du bist in Atlantis!", antwortete Sylla. „Aber... wie kannst du sprechen?"

Sefi kicherte. „Ich komme von weit weg. Bei uns können alle Seepferdchen sprechen. Und ich bin sehr neugierig!"

Das war der Beginn eines sehr lustigen Tages. Hylara und Sylla wurden zu Sefis Reiseführern und zeigten ihm die Wunder von Atlantis. Sie gingen zu den alten Tempeln, schwammen durch die bunten Korallenriffe und besuchten den großen Markt.

An jeder Stelle stellte Sefi viele Fragen. „Warum sind die Fische hier so groß?", „Woher bekommt ihr all diese schönen Perlen?" oder „Kann man hier auch Seegras kaufen?" Seine Neugier war ansteckend und Hylara und Sylla lachten über seine lustigen Kommentare.

Als sie zum Essen gingen, probierte Sefi das Atlanteanische Essen. Er machte ein lustiges Gesicht. „Das schmeckt... interessant", sagte er und lachte. „Aber ich mag es!"

Später am Tag brachte Sylla Sefi zum großen Tanzplatz von Atlantis. „In Atlantis lieben wir es zu tanzen", erklärte sie. Sie zeigte ihm einige Schritte und Sefi versuchte, ihr zu folgen. Es sah sehr komisch aus, wie das Seepferdchen tanzte. Alle lachten und klatschten Beifall.

Schließlich wurde es Zeit für Sefi, wieder zu gehen. „Ich hatte so viel Spaß!", sagte er. „Danke, dass ihr so nette Reiseführer wart. Ich werde bald wieder kommen. Und ich werde mehr Freunde mitbringen!"

Hylara und Sylla verabschiedeten sich von ihrem neuen Freund. „Pass gut auf dich auf, Sefi!", rief Hylara.

Sefi winkte und verschwand in der Weite des Ozeans. Hylara und Sylla sahen ihm nach und lächelten. Es war ein Tag voller Überraschungen und Freude.

„Atlantis ist wirklich ein besonderer Ort", sagte Sylla. „Ja", stimmte Hylara zu. „Und es wird nie langweilig!" Sie lachten und freuten sich auf das nächste Abenteuer in ihrer wunderbaren Stadt unter dem Meer.

- anansteckend - contagious
- Beifall - applause
- besonderer - special
- Flosse - fin
- kicherte - giggled
- Korallenriffe - coral reefs
- lustigen - funny
- merkwürdige - strange, peculiar
- neugierig - curious
- Perlen - pearls
- Reiseführern - guides (in the context of showing someone around)
- schlenderten - strolled
- Seegras - seagrass
- Seepferdchen - seahorse
- Tanzplatz - dance floor
- Tempeln - temples
- Weite - expanse, vastness
- winkte - waved

6. Die verrückte Sportart

Sylla war immer voller Ideen. Eines Tages kam sie zu Hylara und sagte: „Ich habe eine großartige Idee für einen neuen Sport!"

Hylara schaute sie neugierig an. „Was ist es?"

Sylla erklärte: „Es ist eine Mischung aus Schwimmen, Tanzen und Singen. Ich nenne es... 'Schwim-Tanz-Singen'!"

Hylara lachte. „Das klingt sehr komisch. Wie spielt man das?"

Sylla demonstrierte es. Sie schwamm schnell, tanzte im Wasser und sang dabei ein Lied. Es sah wirklich sehr lustig aus. Aber Sylla hatte so viel Spaß, dass Hylara es auch versuchen wollte.

Bald spielten sie zusammen und lachten viel. Es war anstrengend, aber es machte auch viel Spaß.

„Wir sollten das den anderen zeigen!", sagte Hylara.

Sie organisierten eine Vorführung. Viele Atlanteanerinnen kamen, um zuzuschauen. Sie lachten über die lustige Sportart. Aber viele wollten es auch ausprobieren.

Es wurde so beliebt, dass sie beschlossen, einen großen Wettbewerb zu organisieren. Teams wurden gebildet und jede Atlanteanerin konnte teilnehmen.

Hylara und Sylla waren die Schiedsrichter. Sie hatten viel zu tun, weil die Regeln noch neu waren. Aber sie genossen es.

Der Wettbewerb war ein großer Erfolg. Es gab viele lustige Momente. Ein Team sang so laut, dass alle Fische weggeschwommen sind. Ein anderes Team tanzte so wild, dass sie Wasser überall verspritzten.

Aber das überraschendste war das Team von alten Atlanteanerinnen. Sie waren nicht die schnellsten oder stärksten, aber sie hatten so viel Spaß und ihre Performance war so kreativ, dass sie am Ende gewonnen haben.

Alle klatschten und jubelten. Die alten Damen lachten und waren sehr stolz.

Sylla kam zu Hylara und sagte: „Das war eine großartige Idee! Wir sollten das jedes Jahr machen!"

Hylara stimmte zu. „Ja, es war wirklich lustig. 'Schwim-Tanz-Singen' wird ein neuer atlantischer Traditionssport!"

Die beiden lachten und planten schon den nächsten Wettbewerb. Es war ein weiterer lustiger Tag in Atlantis, und alle freuten sich auf das nächste 'Schwim-Tanz-Singen' Event.

- anstrengend - exhausting, strenuous
- ausprobieren - to try out
- dabei - while doing so, in the process
- demonstrierte - demonstrated
- großartige - great, fantastic
- jubelten - cheered

- Mischung - mixture, blend
- Performance - performance
- Schiedsrichter - referees
- Schwim-Tanz-Singen - Swim-Dance-Singing (made-up sport name)
- Traditionssport - traditional sport
- verspritzten - splashed
- Vorführung - demonstration, performance
- weggeschwommen - swam away
- Wettbewerb - competition
- zuzuschauen - to watch, to observe

7. Das verrückte Haustier

Hylara war schon immer ein Tierfreund. Eines Tages kam sie mit einem lebhaften, kleinen Wesen nach Hause. Es sah aus wie ein Hund, aber es war perfekt an das Wasser angepasst. Es hatte glänzende Schuppen und eine Schwanzflosse statt Beinen.

„Schau mal, Sylla! Das ist mein neues Haustier!" rief Hylara aufgeregt.

Sylla schaute erstaunt. „Was ist das? Ein... Wasserhund?"

Hylara nickte. „Ja! Ich habe ihn am Rand von Atlantis gefunden. Ist er nicht süß?"

Der Wasserhund schien sehr verspielt zu sein. Er jagte ständig seine eigene Schwanzflosse und versuchte, sie zu beißen. Hylara und Sylla lachten, als sie ihn beobachteten.

„Er ist wirklich lustig!", sagte Sylla. „Wie hast du ihn genannt?"

„Blubbi!", antwortete Hylara und lachte.

Das Merkwürdigste an Blubbi war, dass er unter Wasser bellen konnte. Es klang mehr wie eine Mischung aus einem Bellen und Blubbern. Jedes Mal, wenn er „bellte", bildeten sich kleine Luftblasen um ihn herum.

Sylla fand es sehr lustig. „Blubbi ist das beste Haustier, das ich je gesehen habe!", sagte sie.

Blubbi wurde schnell zum Mittelpunkt von Hylaras Leben. Überall, wo sie hinging, folgte er ihr. Und überall, wo sie ihn mitnahm, sorgte er für Lacher. Ob er nun versuchte, mit Fischen zu spielen oder im Schlamm zu rollen, Blubbi war immer für eine Überraschung gut.

Bald sprachen alle in Atlantis über den lustigen Wasserhund. Er wurde zum Maskottchen der Stadt. Kinder kamen, um mit ihm zu spielen, und selbst die ältesten Atlanteanerinnen lächelten, wenn sie Blubbi sahen.

Einige wollten auch einen Wasserhund als Haustier. Hylara und Sylla begannen, nach weiteren Wasserhunden zu suchen. Sie fanden einige und bald hatten viele Familien in Atlantis ein solches Tier.

„Wir sollten einen Club gründen!", schlug Sylla eines Tages vor. „Einen Wasserhund-Club!"

Hylara stimmte zu. „Das ist eine großartige Idee!"

Sie gründeten den Club und viele traten bei. Sie organisierten Treffen, bei denen sie ihre Haustiere zeigen und lustige Geschichten darüber erzählen konnten.

Blubbi war natürlich das bekannteste Mitglied des Clubs. Er liebte die Aufmerksamkeit und spielte gerne mit den anderen Wasserhunden.

Hylara und Sylla saßen oft zusammen und beobachteten die Tiere. „Wer hätte gedacht, dass ein kleines Haustier so viel Freude bringen könnte?", sagte Hylara.

Sylla lächelte. „Ja, Blubbi ist wirklich etwas Besonderes."

Die beiden lachten, während sie zusahen, wie Blubbi wieder einmal seine Schwanzflosse jagte. Es war ein weiterer lustiger Tag in Atlantis.

- angehörig - adapted

- aufgeregt - excited
- beobachteten - observed, watched
- erzählen - to tell, narrate
- Haustier - pet
- jagte - chased
- lebhaft - lively
- lustig - funny, amusing
- Maskottchen - mascot
- Merkwürdigste - strangest
- Mitglied - member
- Schuppen - scales
- Schwanzflosse - tail fin
- Tierfreund - animal lover
- verspielt - playful
- Wasserhund - water dog (made-up creature name)

8. Der komische Künstler

Atlantis war eine Stadt der Wunder und Magie, doch eines Tages bekam sie einen Besucher, der wie kein anderer war. Eine Künstlerin, bekannt als Elara, kam mit ihren bunten Farben und Leinwänden.

„Schau dir das an!" rief Sylla, als sie vor einem Gemälde stand, das ein lachendes Seepferdchen zeigte. „Es sieht so lustig aus!"

Hylara nickte und lachte. „Ja, und sieh dir diesen tanzenden Fisch an! Er hat sogar kleine Tanzschuhe an!"

Die beiden Freunde waren fasziniert von Elaras Kunst. Jedes Bild war einzigartig und brachte Freude und Lachen.

„Wir sollten eine Ausstellung für sie organisieren", schlug Hylara vor.

„Eine großartige Idee!" stimmte Sylla zu.

Schnell verbreitete sich die Nachricht von der kommenden Kunstausstellung. Als der Tag kam, strömten Atlanteanerinnen aus der ganzen Stadt in die Galerie. Sie lachten, diskutierten und bewunderten die Kunstwerke.

Elara, mit ihrem leuchtend blauen Haar, stand stolz neben ihren Gemälden. „Ich liebe es, Menschen zum Lachen zu bringen", erzählte sie Hylara und Sylla. „Die Welt kann manchmal dunkel sein, aber mit einem Lächeln kann man Licht hineinbringen."

Hylara lächelte. „Deine Kunst hat definitiv Licht in unsere Stadt gebracht."

Elara sah die beiden Freunde an. „Würdet ihr es mir erlauben, ein Bild von euch zu malen?"

Sylla lachte. „Natürlich, aber nur, wenn du uns lustig darstellst!"

Die Künstlerin lachte und begann zu malen. Hylara und Sylla posierten vor einem Hintergrund von lachenden Seepferdchen und tanzenden Fischen. Als das Gemälde fertig war, zeigte es die beiden Freundinnen, die Hand in Hand tanzten, umgeben von den komischen Meeresbewohnern.

„Das ist wunderschön", sagte Hylara mit Tränen in den Augen.

Sylla nickte. „Es wird das berühmteste Bild in Atlantis werden."

Die Kunstausstellung wurde ein großer Erfolg und Elaras Kunstwerke wurden in ganz Atlantis berühmt. Doch das Bild von Hylara und Sylla wurde zum Symbol der Freundschaft und des Lachens und erinnerte alle daran, das Leben mit Freude und einem Lächeln zu genießen.

- Ausstellung - exhibition
- bewunderten - admired
- darstellen - depict, portray
- diskutierten - discussed
- erlauben - allow, permit
- fasziniert - fascinated
- Freude - joy
- Galerie - gallery
- Gemälde - painting

- kommend - upcoming
- Künstlerin - artist (female)
- Leinwänden - canvases
- lustig - funny
- posierten - posed
- Schuhe - shoes
- stolz - proud
- strömten - streamed, flowed
- Symbol - symbol
- tanzenden - dancing
- Tränen - tears
- verbreitete - spread
- Wunder - wonders

9. Die lustige Oper

Die Sonne schien hell auf Atlantis, doch die echte Aufregung befand sich im großen Opernhaus. Heute Abend würde eine besondere Aufführung stattfinden, eine, die das Publikum noch nie gesehen hatte.

Hylara und Sylla waren sehr aufgeregt. Sie hatten noch nie in einer Oper gesungen und waren nervös. „Ich hoffe, ich vergesse den Text nicht", flüsterte Hylara.

Sylla lachte. „Wenn du das tust, improvisiere einfach! Das wird das Publikum sicherlich zum Lachen bringen."

Die Oper begann, und das Bühnenbild war fantastisch. Es zeigte das Meer mit vielen bunten Fischen, die tanzten und lachten. Als Hylara und Sylla auf die Bühne traten, gab es großen Applaus.

Hylara begann zu singen, aber plötzlich vergaß sie den Text. Sie schaute Sylla an, die ihr mit einem Augenzwinkern antwortete. Dann begann Sylla zu improvisieren und sang über lachende Seepferdchen und tanzende Quallen. Hylara konnte nicht anders und fing an zu lachen. Sie tanzte um Sylla herum und sang ihr eigenes Lied.

Das Publikum war begeistert. Sie klatschten und lachten ununterbrochen. Die beiden Freundinnen sangen, tanzten und lachten die ganze Nacht. Es war wirklich die lustigste Oper in der Geschichte von Atlantis.

Nach der Aufführung kamen viele Atlanteanerinnen zu Hylara und Sylla. „Das war großartig! Ihr seid so talentiert!" sagte eine von ihnen.

Eine andere fügte hinzu: „Bitte macht weiter so! Wir wollen mehr von euch sehen!"

Hylara und Sylla waren überwältigt von all der positiven Rückmeldung. „Wir sollten eine Tournee machen und anderen Städten unsere lustige Oper zeigen", schlug Hylara vor.

Sylla stimmte zu. „Ja, und wir könnten auch neue Geschichten erfinden und sie in unsere Opern aufnehmen."

Die beiden Freundinnen wurden berühmte Schauspielerinnen in Atlantis und planten ihre große Welttournee. Sie konnten es kaum erwarten, ihre lustige Oper überall zu zeigen und die Herzen der Menschen mit Lachen und Freude zu füllen.

- Aufführung - performance
- Aufregung - excitement
- Augenzwinkern - wink
- befand - was located
- begeistert - enthusiastic, thrilled
- Bühnenbild - stage set, scenery
- flüsterte - whispered
- Geschichten - stories
- großen Applaus - big applause
- improvisiere - improvise
- Opernhaus - opera house
- positiven Rückmeldung - positive feedback
- Quallen - jellyfish
- Schauspielerinnen - actresses
- Tournee - tour

- unünterbrochen - continuously
- überall - everywhere
- überwältigt - overwhelmed

10. Der komische Traum

Es war eine ruhige Nacht in Atlantis. Die meisten Bewohner schliefen tief und träumten süße Träume. Sylla jedoch erlebte einen sehr ungewöhnlichen Traum.

In ihrem Traum war sie die große Fischkönigin von Atlantis. Ihr Königreich war nicht das normale Atlantis, sondern ein bunter und komischer Ort. Die Fische hatten große Lächeln im Gesicht und tanzten im Takt der Musik. Hylara, gekleidet in einem Dienerkostüm, kam mit einem großen Tablett voller glänzender, lachender Algen. „Für unsere große Königin!" sagte sie und verbeugte sich tief.

Sylla kicherte und winkte ihrem „Diener" zu. Überall um sie herum war Musik und Lachen. Jeder in Atlantis tanzte und sang. Es gab riesige Blasen, die wie Ballons in der Luft schwebten und die Menschen zum Lachen brachten, wenn sie sie berührten.

Doch plötzlich, genau in dem Moment, als Sylla den Tanz genießen wollte, wachte sie auf. Sie blinzelte und schaute sich um. Sie war in ihrem eigenen Bett in Atlantis, und es war alles normal.

„Lustiger Traum", murmelte sie und setzte sich auf. Sie konnte nicht widerstehen und erzählte Hylara von ihrem komischen Traum.

Hylara lachte laut auf. „Das klingt wirklich lustig! Stell dir vor, ich bringe dir Algen als Diener! Wir sollten deinen Traum in ein Theaterstück umwandeln!"

Die Idee gefiel Sylla. Gemeinsam schrieben sie das Skript, probten und führten das Stück in Atlantis auf. Das Publikum liebte es! Sie lachten und klatschten bis zum Ende.

Nach der Aufführung saßen Hylara und Sylla zusammen und lachten über Syllas komischen Traum und ihr neues Theaterstück.

„Ich hoffe, ich habe noch mehr solcher verrückten Träume", sagte Sylla und lächelte. „Ja", stimmte Hylara zu, „dann haben wir noch mehr Geschichten für unsere lustigen Theaterstücke!"

Die beiden Freundinnen lachten und träumten von ihren zukünftigen Abenteuern in Atlantis und darüber hinaus.

- Ballons - balloons
- Bewohner - residents, inhabitants
- blinzelte - blinked
- Dienerkostüm - servant costume
- Fischkönigin - fish queen
- gekleidet - dressed
- Königreich - kingdom
- murmelte - muttered
- probten - rehearsed
- ruhige - calm, quiet
- schliefen - slept
- Skript - script
- süße Träume - sweet dreams
- Tablett - tray
- Theaterstück - play (theatrical)
- umwandeln - transform, convert
- verbeugte - bowed
- verrückten - crazy
- wachte - woke up
- zukünftigen - future

11. Die geheime Tür

Hylara war in ihrer Wohnung und räumte ein wenig auf. Während sie einige alte Bücher wegräumte, stolperte sie plötzlich und drückte dabei gegen eine Wand. Überraschenderweise bewegte sich ein Teil der Wand und offenbarte eine verborgene Tür.

„Hylara! Was hast du da gefunden?" rief Sylla, als sie das Geräusch hörte und neugierig in das Zimmer kam.

„Ich weiß es nicht. Sieht aus wie eine geheime Tür," antwortete Hylara, während sie die Tür näher untersuchte.

Beide waren sehr neugierig und beschlossen, die Tür zu öffnen. Hinter der Tür fanden sie einen alten Tunnel, der ins Dunkle führte.

„Komm, lass uns sehen, wohin das führt," sagte Hylara mutig.

Der Tunnel war dunkel und etwas gruselig. An den Wänden sahen sie alte Schriften. Sylla leuchtete mit einer kleinen Lampe darauf.

„Das sind sehr alte Schriften," flüsterte sie. „Sie erzählen von einem verlorenen Schatz."

Hylara schaute sie mit funkelnden Augen an. „Ein Schatz? Das klingt nach einem Abenteuer!"

Beide beschlossen, den Schatz zu suchen. Sie folgten dem Tunnel, aber es war nicht so einfach. Der Weg war voller Rätsel und Fallen. Bei einer Stelle mussten sie über einen Abgrund springen, bei einer anderen mussten sie ein Rätsel lösen, um weiterzukommen.

„Ich weiß nicht, ob das eine gute Idee war," sagte Sylla besorgt, als sie vor einem großen Rätsel standen.

Aber mit Teamarbeit und Intelligenz fanden sie immer einen Weg. Sie halfen sich gegenseitig und motivierten sich, weiterzumachen.

Nach einer langen Suche kamen sie schließlich in eine große Höhle. In der Mitte der Höhle sahen sie eine Truhe. Es musste der Schatz sein!

„Wir haben ihn gefunden!" rief Hylara begeistert.

Aber als sie sich der Truhe näherten, bemerkten sie, dass sie bewacht wurde. Ein großer, schlafender Fisch lag direkt davor.

„Oh nein," flüsterte Sylla. „Wir müssen sehr vorsichtig sein."

Beide wussten, dass sie sich dem Fisch sehr leise nähern mussten, um den Schatz zu bekommen.

- Abgrund - abyss, chasm
- begeistert - excited, enthusiastic
- bemerkten - noticed
- bewacht - guarded
- davor - in front of it
- drückte - pressed
- Fallen - traps
- flüsterte - whispered
- Funkelnden Augen - sparkling eyes
- geheime - secret
- gruselig - spooky, creepy
- Höhle - cave
- näherten - approached
- Rätsel - puzzle, riddle
- schlafender - sleeping
- Schriften - writings
- Truhe - chest (as in a treasure chest)
- Tunnel - tunnel
- verborgene - hidden
- verlorenen Schatz - lost treasure
- wegzuräumen - to put away
- Wohnung - apartment, flat

12. Der Schatzwächter

Hylara und Sylla standen vor dem großen, alten Fisch, der den Schatz bewachte. Er schaute sie mit großen Augen an. „Wer seid ihr und was wollt ihr hier?" fragte er mit tiefer Stimme.

„Wir sind Hylara und Sylla aus Atlantis," begann Hylara mutig. „Wir haben von diesem Schatz gehört und wollten ihn für unser Volk finden."

Der Wächter runzelte die Stirn. „Viele sind gekommen, um diesen Schatz zu nehmen, aber niemand hat es geschafft."

Sylla trat vor. „Wir wollen den Schatz nicht für uns selbst. Wir wollen ihn für das Wohl von Atlantis verwenden."

Der alte Fisch schaute sie nachdenklich an. „Ich bewache diesen Schatz seit Hunderten von Jahren. Wenn ihr ihn wirklich wollt, müsst ihr mich überzeugen."

„Was sollen wir tun?" fragte Hylara.

Der Wächter dachte einen Moment nach. „Ich werde euch drei Rätsel stellen. Wenn ihr alle drei lösen könnt, gebe ich euch den Schatz."

Das erste Rätsel war nicht so schwer. „Was hat einen Kopf und einen Schwanz, aber keinen Körper?" fragte der Wächter.

Hylara dachte kurz nach und antwortete dann: „Eine Münze!"

Der Wächter nickte. „Das ist richtig. Hier ist das zweite Rätsel: Je mehr man davon nimmt, desto größer wird es. Was ist das?"

Sylla überlegte. „Ein Loch!" sagte sie schließlich.

„Sehr gut," sagte der Wächter und lächelte. „Hier ist das letzte Rätsel: Was kommt einmal in einer Minute, zweimal in einem Moment, aber nie in tausend Jahren?"

Beide Frauen dachten intensiv nach. Nach einem Moment sagte Hylara: „Der Buchstabe 'M'!"

Der Wächter klatschte in die Flossen. „Sehr gut! Ihr habt alle Rätsel gelöst. Ihr dürft den Schatz nehmen."

Hylara und Sylla waren erleichtert und bedankten sich beim Wächter. Sie nahmen die Truhe und machten sich auf den Rückweg nach Atlantis.

Doch der Weg zurück war nicht einfach. Der Tunnel, durch den sie gekommen waren, war jetzt mit Wasser gefüllt und es gab viele gefährliche Tiere auf dem Weg. Aber mit Mut und Teamarbeit schafften sie es, alle Gefahren zu überwinden und sicher nach Atlantis zurückzukehren.

Dort wurden sie als Heldinnen gefeiert und der Schatz wurde zum Wohl des Volkes verwendet. Aber das größte Geschenk war das Abenteuer selbst und die Erinnerung an ihre Reise.

- bewachte - guarded
- Buchstabe - letter (of the alphabet)
- erleichtert - relieved
- erleichtert - relieved
- Flossen - fins
- gefährliche - dangerous
- gekomen - came, arrived
- Heldinnen - heroines
- intensiv - intensely, intently
- klatschte - clapped
- lösen - to solve
- Münze - coin
- nachdenklich - thoughtful, pensive
- Rätsel - puzzle, riddle
- Reise - journey, trip
- Rückweg - way back, return journey
- runzelte - furrowed
- Stirn - forehead
- überwinden - overcome, surmount
- überzeugen - convince
- Wächter - guardian, watchman
- Wohl - well-being

13. Die verlorene Stadt

Während Hylara und Sylla auf ihrem Weg zurück nach Atlantis waren, stolperten sie über eine geheimnisvolle Stadt, die tief im Ozean versteckt war. Die Stadt, obwohl verlassen und von Algen und Korallen bedeckt, war immer noch von beeindruckender Schönheit.

„Schau dir das an, Sylla! Es ist wunderschön!" rief Hylara aus.

Sylla nickte zustimmend. „Ja, aber es fühlt sich so... leer an."

Die beiden beschlossen, die Stadt zu erkunden. Während sie durch die alten Straßen und Gebäude schwammen, spürten sie eine seltsame und düstere Präsenz.

„Es fühlt sich an, als ob uns jemand beobachtet", flüsterte Sylla.

„Vielleicht sind es nur Fische?", schlug Hylara vor, obwohl sie sich selbst nicht sicher war.

Aber plötzlich erschienen geisterhafte Gestalten um sie herum. Die Geister, bleich und durchscheinend, schwebten um sie herum und starrten sie mit leeren Augen an.

„Was wollt ihr hier?", fragte einer der Geister mit einer kalten, hallenden Stimme.

„Wir sind auf dem Weg zurück nach Atlantis und haben diese Stadt zufällig entdeckt", antwortete Hylara mutig.

Die Geister schienen nicht überzeugt. „Ihr habt unseren Schatz! Gebt ihn zurück!", rief ein anderer Geist.

Hylara und Sylla waren verwirrt. „Wir haben einen Schatz aus einem anderen Ort. Wir haben nichts aus dieser Stadt genommen!"

Ein Kampf entbrannte. Die Geister, obwohl nicht physisch, hatten mächtige magische Fähigkeiten. Doch Hylara und Sylla, unterstützt von dem alten Wächter, der sie begleitet hatte, waren ebenso mächtig.

Mit ihren magischen Kräften und ihrer Geschicklichkeit schafften es Hylara und Sylla, die Geister zu besiegen und sie zur Ruhe zu bringen.

Erschöpft sanken die beiden auf den sandigen Boden der Stadt. Der Wächter erklärte, dass die Geister die ehemaligen Bewohner der Stadt waren, die vor langer Zeit bei einem großen Unglück gestorben waren und den Schatz bewachten.

Nachdem sie sich von dem Kampf erholt hatten, beschlossen Hylara und Sylla, die Stadt zu verlassen und nach Atlantis zurückzukehren. Sie hatten genug Abenteuer für eine Weile gehabt.

Doch während sie durch die Wasserstraßen der verlorenen Stadt schwammen, konnten sie nicht anders, als sich zu wundern, was für andere Geheimnisse und Geschichten tief im Ozean versteckt waren. Und mit neuem Respekt für die Vergangenheit kehrten sie nach Atlantis zurück.

- beeindruckender - impressive
- beobachtet - watched, observed
- besiegen - defeat
- durchscheinend - translucent
- düstere - gloomy
- entbrannte - flared up, broke out
- erschöpft - exhausted
- erholt - recovered
- erkunden - explore
- geheimnisvolle - mysterious
- Geheimnisse - secrets
- geisterhafte - ghostly
- hallenden - echoing
- leeren - empty
- Präsenz - presence
- Respekt - respect
- sandigen - sandy
- schwebten - floated

- Unglück - accident, misfortune
- verlassen - abandoned
- verlorenen - lost
- verwirrt - confused
- zufällig - accidentally

14. Das letzte Hindernis

Die Heimreise nach Atlantis schien für Hylara und Sylla fast zu Ende zu sein, als plötzlich dunkle Schatten im Wasser auftauchten. Aus der Tiefe stiegen riesige Meeresmonster auf. Die Fische flüchteten in alle Richtungen und das Wasser wurde trüb.

„Was sind das für Kreaturen?" rief Sylla alarmiert aus.

„Sie wollen den Schatz!" antwortete Hylara entschlossen.

Ein riesiger Tintenfisch mit langen, kräftigen Tentakeln griff zuerst an. Seine Tentakeln schossen auf Hylara und Sylla zu, in der Hoffnung, sie zu fangen.

„Schnell, Sylla, wir müssen ihn ablenken!" rief Hylara, während sie aus dem Weg schwamm.

Sylla nutzte ihre Magie und erzeugte ein blendendes Licht, das den Tintenfisch kurzzeitig desorientierte. Dies gab Hylara die Chance, ihn mit einer kräftigen Wasserströmung zurückzustoßen.

In diesem Moment kam der Wächter zur Hilfe. Mit seiner Erfahrung und Stärke griff er den Tintenfisch von hinten an und lenkte ihn ab.

„Danke!", rief Sylla dem Wächter zu.

Doch die Erleichterung währte nur kurz. Weitere Meeresmonster, darunter Haie und riesige Aale, tauchten auf und griffen an. Es wurde ein langer und harter Kampf.

Während des Kampfes rief Hylara: „Wir müssen zusammenarbeiten! Nur gemeinsam können wir sie besiegen!"

Die drei verteidigten sich tapfer, wobei jeder seine einzigartigen Fähigkeiten und Kräfte nutzte. Mit vereinten Kräften gelang es ihnen, die Monster zurückzudrängen. Nach einem intensiven Kampf, der sich wie Stunden anfühlte, zogen sich die Monster schließlich zurück.

Erschöpft, aber erleichtert, sahen sich Hylara, Sylla und der Wächter an. Sie hatten es geschafft. Sie waren fast zu Hause.

Als sie schließlich die Tore von Atlantis erreichten, wurden sie als Heldinnen empfangen. Geschichten ihres Mutes und ihrer Tapferkeit wurden erzählt und gefeiert. Der Schatz wurde sicher in einem Tempel aufbewahrt, als Zeichen ihres Abenteuers und des Zusammenhalts von Atlantis.

Inmitten der Feierlichkeiten, lachend und Geschichten austauschend, wussten Hylara und Sylla, dass ihr Abenteuer, obwohl gefährlich, sie näher zusammengebracht hatte und dass die Legenden ihrer Reise noch lange in Erinnerung bleiben würden.

- ablenken - distract
- austauschend - exchanging
- blendendes Licht - blinding light
- desorientierte - disoriented
- empfangen - received, welcomed
- erzeugte - created, produced
- Feierlichkeiten - festivities, celebrations
- flüchteten - fled
- gefährlich - dangerous
- Heimreise - journey home
- Hindernis - obstacle
- kräftigen - strong, powerful
- Legenden - legends
- Meeresmonster - sea monsters
- Tentakeln - tentacles
- Tintenfisch - squid
- trüb - murky, turbid
- zusammenarbeiten - collaborate, work together
- zusammengebracht - brought together

15. Der Abschluss

Jahre sind vergangen seit den Abenteuern von Hylara und Sylla. Atlantis war in Frieden und die Geschichten ihrer Heldentaten wurden von Generation zu Generation weitergegeben. Die beiden Freundinnen waren nun alte Frauen, aber ihre Augen leuchteten immer noch vor Lebensfreude und Neugier.

Eines Tages saßen sie zusammen auf einer Bank in einem wunderschönen Unterwassergarten. Leuchtende Fische schwammen vorbei und die sanften Wellen des Meeres wiegten die Algen und Pflanzen hin und her.

„Weißt du noch, Sylla, als wir diesen verrückten Tintenfisch bekämpft haben?" begann Hylara mit einem Lächeln.

Sylla lachte. „Oh ja! Das war wirklich ein Abenteuer! Und wie wir diese alte Stadt entdeckt haben und von den Geistern verfolgt wurden..."

Hylara nickte. „Ich werde nie vergessen, wie wir mit dem Wächter gekämpft haben und wie wir den Schatz gefunden haben. Es waren gefährliche Zeiten, aber auch schöne."

Sylla schaute nachdenklich. „Ja, wir waren mutig. Aber weißt du, was ich am meisten schätze? Unsere Freundschaft. All die Jahre, durch gute und schlechte Zeiten, waren wir immer füreinander da."

Hylara nahm Syllas Hand. „Du hast recht. Unsere Abenteuer waren großartig, aber am Ende ist es die Freundschaft und Liebe, die zählt."

Die beiden saßen noch lange da, erinnerten sich an ihre Jugend und tauschten Geschichten aus. Sie erzählten von den lustigen Zeiten, wie als sie das verrückte Rezept ausprobiert hatten oder den komischen Künstler getroffen hatten. Sie lachten über ihre Fehler und schätzten ihre Erfolge.

„Es war ein gutes Leben, nicht wahr?" fragte Hylara schließlich.

Sylla nickte. „Ja, es war ein wunderbares Leben. Mit Höhen und Tiefen, aber immer voller Liebe und Abenteuer."

Die beiden schauten sich an und lächelten. Sie wussten, dass ihre Tage in Atlantis gezählt waren, aber sie waren dankbar für die Zeit, die sie hatten und für die Erinnerungen, die sie geschaffen hatten.

Als die Lichter der biolumineszenten Pflanzen begannen zu dimmen, standen sie auf und schwammen Hand in Hand zurück in die Stadt, bereit für die nächsten Abenteuer, die das Leben ihnen bringen würde. Denn auch im Alter gibt es immer noch Geschichten zu erzählen und Freude zu teilen.

- Abschluss - conclusion
- Algen - algae
- bekämpft - fought
- biolumineszenten - bioluminescent
- dimmen - to dim
- entdeckt - discovered
- Erinnerungen - memories
- Fehler - mistakes
- Generation - generation
- Geistern - ghosts
- geschaffen - created
- Heldentaten - heroic deeds
- Höhen und Tiefen - ups and downs
- Jahre - years
- Jugend - youth
- Lebensfreude - zest for life
- Pflanzen - plants
- Rezept - recipe
- Unterwassergarten - underwater garden
- verfolgt - pursued, followed
- verrückten - crazy
- Wächter - guardian
- Wellen - waves
- wunderschönen - beautiful

German Graded Readers

For more books and E-book options visit:

www.briansmith.de

www.ingramcontent.com/pod-product-compliance
Lightning Source LLC
Chambersburg PA
CBHW052038150726
48002CB00002B/664